Sören Nolte

durchgerockt

Originalausgabe – Erstdruck

Sören Nolte

durchgerockt

Roman

Schardt Verlag Oldenburg

Bibliographische Information der Deutschen Bibliothek:

Die Deutsche Bibliothek verzeichnet diese Publikation in *Der Deutschen Nationalbibliografie*; detaillierte bibliographische Daten sind im Internet über *www.d-nb.de a*brufbar.

Umschlaggestaltung: Marlies Mitwollen

1. Auflage 2010

Schardt Verlag
Uhlhornsweg 99 A
26129 Oldenburg
Tel.: 0441-21 77 92 87
Fax: 0441-21 77 92 86
E-Mail: kontakt@schardtverlag.de
www.schardtverlag.de
Herstellung: DPG, Nürnberg

ISBN 978-3-89841-539-2

Montag, 15. Juni, abends, kurz nach acht

Ich sitze in meiner Duschwanne und überlege, was für ein Bild es abgäbe, wenn ich mir jetzt die Pulsadern aufschneiden würde.

Sicher, in einer Badewanne könnte das vielleicht irgendwie melodramatisch wirken, vielleicht sogar ein wenig cool. Ich habe aber leider keine Badewanne. Und sich in einer Duschwanne die Pulsadern aufschneiden? Ich weiß nicht. Immerhin liege ich hier nicht gemütlich im Schaum, sondern sitze notgedrungen im Schneidersitz, die Knie auf dem Rand der Wanne. Das Wasser ist mittlerweile nur noch lauwarm und steht gerade so hoch, dass die Füße und – ausgerechnet – die privaten Teile in der Mitte nicht trocken werden. Im Gegensatz zum Rest des Körpers, denn ich sitze so schon eine ganze Weile. Die Vorstellung, in dieser Position tot aufgefunden zu werden, ist nicht gerade verlockend. Das ist weder melodramatisch noch cool, das ist, wenn überhaupt, peinlich. Also verschieben wir das Vorhaben. Zumindest fürs Erste. Lassen wir stattdessen lieber noch einmal das vergangene Wochenende Revue passieren.

Ich drehe an der Armatur, lasse warmes Wasser über meinen Kopf laufen, lehne mich mit dem Rücken an die Kacheln und schließe die Augen. Stellen wir die Uhr noch einmal um 125 Stunden zurück.

Mittwoch, 10. Juni, nachmittags, etwa Viertel nach drei

Es begann am Mittwochnachmittag. Seit gut einer Dreiviertelstunde schien sich jeglicher Sauerstoff aus dem Saal verflüchtigt zu haben, die Luft war zum schneiden. Vorne, an einem Stehpult, hielt Professor Dudenkoff seine Vorlesung zum Thema Romantik. Hier hinten, wo ich saß, fesselte eine umherschwirrende Fliege meine Aufmerksamkeit viel mehr als der alternde Dozent. Sie ließ sich auf meinem Notizblock nieder und strich sich die Flügel glatt. Dudenkoff erklärte gerade etwas zur literarischen Symbolik der Seraphim, der höchsten aller Engel. Es war, als berichtete er aus einer Parallelwelt.

Die Fliege hob wieder ab, flog dreimal gegen ein geschlossenes Fenster und summte dann durch ein geöffnetes hinaus. Mein Blick verfolgte sie und entdeckte auf dem kleinen, grasbewachsenen Hügel vor der Uni drei Studentinnen, die ich flüchtig aus einem Parallelkurs kannte. Sie hatten sich ausgestreckt und sonnten sich.

Was machte ich hier eigentlich? Den Faden von Dudenkoffs Vorlesung hatte ich längst verloren. Ich blickte auf meine Unterlagen. In der letzten Notiz hatte ich – eher unbewusst als konzentriert – den Namen Byron dick unterstrichen und mit krakeliger Schrift etwas über Korsaren im östlichen Mittelmeer dazugeschrieben. Ich konnte mir nicht erklären, wie das zusammenpassen sollte. Der englische Dichter auf der einen Seite und Griechische Inseln, Strände und Seeräuber auf der anderen? Ich schaute wieder hinaus zu den Mädels.

Dann zuckte ich plötzlich zusammen. Jemand hatte das Wort *Ende* gesagt. Tatsächlich: Es war Dudenkoff, der mit seiner Vorlesung zum Schluss kommen wollte. Ich blickte auf meine Uhr. Eigentlich hätte er noch gut zehn Minuten weiter referieren können.

„Aber in Anbetracht des guten Wetters“, erklärte er, „schlage ich vor, dass wir heute ein wenig früher schließen.“ Der gesamte Saal atmete hörbar erleichtert aus. Das passte gerade ganz hervorragend, dachte ich und packte meine Notizen zusammen.

Morgen früh wollte ich mit meinen Freunden zum Dangerbird-Festival aufbrechen, einem zweitägigen Open-Air, und unser Plan sah vor, dass ich mich direkt nach der Vorlesung mit Matthias traf, um einige Einkäufe für die Tour zu erledigen. Im Hinausgehen kramte ich mein Handy hervor und suchte im Adressbuch seine Nummer.

„Ich bin in einer halben Stunde bei dir“, sagte ich, während ich gleichzeitig nickend einige Kommilitonen grüßte. Um direkt nach der Vorlesung starten zu können, war ich heute ausnahmsweise und trotz des guten Wetters mit dem Auto statt mit dem Fahrrad zur Uni gefahren. Als ich den Wagen erreichte, stellte ich fest, dass ich ein Ticket für Falschparken erhalten hatte. *Verkehrsordnungswidrigkeit* hieß das auf dem Zettel. Egal, dachte ich. Unter normalen Umständen hätte ich mich wahrscheinlich geärgert. Aber heute, so kurz vor dem Festival, konnte solch eine Kleinigkeit meine Laune nicht mehr trüben.

Ich zog das Ticket vom Scheibenwischer und setzte mich ins Auto. Der Schlüssel klickte – und das Auto sprang an. Das war leider nicht selbstverständlich. Nur allzu häufig machte die alte Kiste nämlich beim Starten Probleme. Gekauft hatte ich sie vor anderthalb Jahren, zu Beginn des Studiums, bei einem windigen Gebrauchtwagenhändler am Stadtrand. Freunde, Verwandte, Bekannte und – vor allem – meine Mutter hatten mir dringend von dem Kauf abgeraten. Aber aus irgendeinem Grund hatte ich mich sofort in das Auto verliebt. Und so war ich nun mehr oder weniger stolzer Besitzer eines zwar geräumigen, dafür aber gut zwanzig Jahre alten Wagens mit durchgesessenen Sitzen und mäßiger Geschwindigkeit. Bei einem Festival im vergangenen Jahr hatte sich das Auto allerdings bereits bezahlt gemacht: Ich war mit Matthias unterwegs gewesen, und wir hatten im Gegensatz zu Bekannten mit einem Kleinwagen keine Mühe gehabt, unser Gepäck, die Vorräte für ein Wochenende und ein Zelt hineinzubekommen.

Mittwoch, 10. Juni, gegen 16 Uhr

Nach einer kurzen Fahrt über den Ostring bog ich in die Emdener Straße, in der Matthias in einer WG wohnte. Er wartete schon unten an der Ecke, riss die Tür auf und sprang auf den Beifahrersitz, noch bevor ich ganz zum Stehen gekommen war.

Blonde Strähnen hingen ihm über die Augen. Irgendwie machte er auf den ersten Blick immer eher den Eindruck eines neuseeländischen Surfers denn eines norddeutschen Germanistik-Studenten.

„Wird uns das Ding denn noch mal ohne Probleme zum Festival bringen?“ fragte er feixend, als der Motor sein vertrautes Stottergeräusch zum Besten gab.

„Natürlich“, wies ich seine Bedenken zurück und ordnete mich wieder in den Verkehr ein. „Wenn er nicht anspringt, einfach von vorne gegen die Stoßstange treten und noch mal versuchen. Klappt immer.“

„Klar!“

Einige Minuten später stellten wir den Wagen auf einem riesigen Parkplatz vor einem noch riesigeren Shoppingzentrum ab, holten uns einen Einkaufswagen und begannen unseren Streifzug durch die Gänge der Lebensmittelabteilung. Das Vampire-Blues-Festival im letzten Jahr hatte uns eine gewisse gemeinsame Routine für den bevorstehenden Einkauf eingebracht. Trotzdem musste ich mich erst mal orientieren. Ich war einen kleinen Supermarkt in der Innenstadt gewöhnt, zwei Blocks von meiner Wohnung entfernt. Dieses Einkaufszentrum, an der zentralen südlichen Ausfallstraße gelegen, war da ein anderes Kaliber – allerdings wesentlich preisgünstiger; denn anders als im letzten Jahr mussten wir diesmal gleich für vier Personen planen: Matthias wollte seine Freundin Anna mitnehmen, außerdem begleitete uns noch ein langjähriger gemeinsamer Kumpel, Thomas.

Wo standen hier die Getränke? Ich blickte mich um. Glasflaschen waren auf dem gesamten Festivalgelände grundsätzlich verboten. Also brauchten wir Getränke in Dosen, vor allem Bier. Und gegebenenfalls ein wenig Wein im Tetrapak. Zudem Wasser und Orangensaft.

Im vergangenen Jahr hatte sich trotz eines umfangreichen Sortiments an mitgebrachten Fressalien herausgestellt, dass wir uns zum Essen eher an den Imbissständen auf dem Gelände bedienten als an unseren mitgebrachten Vorräten. Nachbarn auf dem Campingplatz hatten hingegen wahre Grillfeste veranstaltet. Wir überlegten, ob wir so etwas in diesem Jahr auch einplanen sollten. Nach kurzer Besprechung befanden wir jedoch, dass das für uns nicht infrage kam. Der Aufwand erschien uns zu groß, die Möglichkeiten, die dafür notwendigen Lebensmittel über das Wochenende zu kühlen, hingegen zu gering. Außerdem aß Anna ja kein Fleisch, wie Matthias bemerkte. Wir hätten also irgendwelche Gemüseburger, Maiskolben oder ähnliches Veggie-Gedöns einkaufen müssen, wovon wir allerdings so gut wie keine Ahnung hatten. Für den kleinen Hunger zwischendurch packten wir stattdessen einige Dosen Ravioli und ein paar Fünferpakete Schokoriegel in den Einkaufswagen.

„Partytime!“ freute sich Matthias auf dem Weg zur Kasse und meinte damit, dass es wirklich nicht gerade gesund aussah, was wir da für das Wochenende einkauften: eine raue Anzahl von Süßigkeiten, Dosenbier in gesundheitsgefährdenden Mengen – und Tetrapaks mit Nektar, der wahrscheinlich mehr Zucker als Flüssigkeit enthielt. Dazu kamen noch zwei rosa verschweißte Rollen Klopapier für alle Fälle. Eine ältere Dame, die hinter uns in der Schlange stand, betrachtete uns kopfschüttelnd mit einer Mischung aus vermeintlichem Wissen und vollkommenem Unverständnis. Matthias verkniff sich ein Lachen.

„Ernährungsseminar mit angeschlossener Kneipp-Kur“, erklärte er ihr auf ihren fragenden Blick. Dann zahlten wir.

„Wird eng“, meinte Matthias, als wir den Einkauf auf dem Parkplatz in den Kofferraum packten. Er hatte recht: Im Moment war im Auto zwar noch ausreichend Platz für Getränke und Lebensmittel – aber morgen musste ja auch noch das restliche Gepäck verstaut werden. Nun gut, darüber konnten wir uns Gedanken machen, wenn es so weit war. Was sollten wir uns jetzt den Kopf darüber zerbrechen?

Wieder startete der Wagen ohne Probleme. Ich bog vom Parkplatz auf die Hauptstraße, wobei ich gedankenverloren einem anderen Auto die Vorfahrt nahm. Zum Glück konnte der Fahrer einen Zusammenstoß gerade noch vermeiden. Er hupte ausdauernd und zeigte uns den ausgestreckten Mittelfinger. Ich lächelte ihm zu.

„Gib mir mal die Sonnenbrille", schob ich die Unaufmerksamkeit auf die blendende Sonne und bedeutete Matthias, im Handschuhfach nach ihr zu suchen. Nach einigem Kramen hatte er die Brille gefunden. Während ich damit beschäftigt war, sie aufzusetzen, übersah ich allerdings beinahe eine rote Ampel und kam gerade noch mit quietschenden Reifen vor der Haltelinie und einem auf der anderen Straßenseite drohenden Blitzer zum Stehen. Hinten im Kofferraum rumpelte es bedenklich.

„Die verbieten die Glasflaschen beim Festival nicht aus Sicherheitsgründen, sondern damit die Besucher ihre Getränke überhaupt heile dorthin bekommen", meinte Matthias.

„Wird schon nicht kaputtgegangen sein", sagte ich.

„Eben. Ist ja auch alles in Dosen und Tetrapaks. Absolut bruchsicher!"

Gegenüber hielten wir an einer Tankstelle und machten den Wagen reisefertig: Ich füllte vierzig Liter Super in den Tank; Matthias kratzte mit viel Akribie Fliegenleichen von der Windschutzscheibe und prüfte den Luftdruck der Reifen, während ich bei einem griesgrämigen Männchen mit schütterem Haar das Benzin bezahlte.

Dann setzte ich Matthias wieder vor seiner WG ab und machte ich mich auf den Weg nach Hause, einer gemütlichen Einzimmerwohnung im Uni-Viertel. Ich fand glücklicherweise schnell einen Parkplatz in der unmittelbaren Nähe von nur hundert Metern Fußweg. Die Post der letzten Tage wartete noch immer unangetastet im Briefkasten. Ich war zu faul gewesen, sie hinauszuholen. Außerdem wusste ich, dass es sich hauptsächlich um Rechnungen handelte: für das Handy, eine Nebenkostennachzahlung für die Wohnung und Mahngebühren für zu lange ausgeliehene Bücher. Trotzdem schnappte ich mir jetzt die Briefe und ging sie durch, während ich die Treppe in den vierten Stock hinaufstieg. In meiner Wohnung angekommen, warf ich die Post ungeöffnet auf den höher werdenden Stapel verschiedener Zeitungen und Magazine auf dem kleinen Tisch in der Küche. Ich hatte vor, mich später darum zu kümmern.

Mittwoch, 10. Juni, abends

Am Abend musste ich glücklicherweise nicht mehr arbeiten: Was ich für meine Seminare, Vorlesungen und Kurse noch vorzubereiten hatte, konnte ich getrost auf die nächste Woche verschieben. Und das Café, in dem ich gelegentlich jobbte, hatte heute ohnehin geschlossen. Also nutzte ich die Zeit für einen kleinen Bummel durchs Viertel. Die Sonne war jetzt hinter den Dächern der Altbauten verschwunden. Es war nicht mehr ganz so heiß wie tagsüber, aber es war noch immer angenehm warm. Durchgangsverkehr gab es in hier so gut wie gar nicht. Obwohl man sich inmitten einer Großstadt befand, war ihr Lärm hier erstaunlich weit weg. Vor verschiedenen Kneipen saßen Leute im Freien und unterhielten sich. Amseln zwitscherten von den Bäumen, Spatzen hüpften zwischen den Besuchern einer Kneipe umher und versuchten, einige heruntergefallene Brotkrumen zu ergattern. Hätten jetzt noch Wäscheleinen über den Straßen gehangen, hätte man sich auch in Spanien oder Italien wähnen können.

Im Imbiss an der Ecke besorgte ich mir etwas zu essen und setzte mich an den Rand eines kleinen Parks auf eine Bank.

Plötzlich fiel mir auf, dass aus einem geöffneten Fenster Musik drang. Das war zwar nichts Ungewöhnliches – aber es handelte sich um eine jener Gruppen, die beim Dangerbird-Festival auftreten würden. Ich biss in mein Schafskäse-Börek und betrachtete einige Ameisen, die sich neben meinen Schuhen über einen toten Käfer hermachten. Ein seltsamer Kontrast kam mir in den Sinn: Hier befand ich mich inmitten einer Stadt, jedoch in einer ungemein geruhsamen Idylle. Am Wochenende hingegen, würden wir uns zwischen Wiesen, Wäldern und Äckern irgendwo im ländlichen Süddeutschland – also dort, wo man gemeinhin ebenjene Ruhe erwarten würde – in der tosenden, rauschenden Realität eines Rock-Festivals wiederfinden. Sicher krochen auch dort noch in diesem Augenblick Ameisen herum, und Amseln flogen umher, ließen sich auf Zäunen nieder, die das Campinggelände oder den Bühnenbereich begrenzten, und wunderten sich, was da Seltsames vor sich ging. Noch war das Gelände ja nicht von Gästen besucht, die Techniker und Bühnenarbeiter mussten um diese Zeit noch mit dem Aufbau beschäftigt sein, schätzte ich. Schon morgen würden die Ameisen allerdings ein Zelt oder einen Imbisswagen auf ihren Bau gestellt bekommen und müssten sich dann mühsam einen anderen Ausgang suchen. Die Amseln würden aufgeschreckt das Weite suchen. Was jetzt noch grüne Wiese war, würde über das Wochenende zum Tollhaus werden und am Sonntag ein von Müll, zurückgelassenen Zelten und sonstigem Schrott übersäter Platz sein, einem verlassenen antiken Schlachtfeld nicht unähnlich. Vorhandene oder über das Wochenende ausgetretene Wege würden sich in staubige Pisten verwandelt haben – oder, im Fall von Regen, in tückische, schlammige Pfade. Urbane Idylle hier, ländliches Chaos dort. Paradox irgendwie, dachte ich.

Ich ging zurück in meine Wohnung. Einen Balkon hatte ich nicht, aber da ich unter dem Dach wohnte, konnte ich ein Schrägfenster öffnen, mich hinauslehnen und so ein wenig frische Luft schnappen. Unter dem Dach hatte sich jetzt am Ende des Tages die Hitze gestaut. Ich nahm mir ein kühles Bier aus dem Kühlschrank, öffnete die Flasche und blickte über die Schornsteine der Nachbarhäuser. In der Ferne konnte man einige dunkle Wolken erkennen. Vielleicht gewitterte es ein paar

Dutzend Kilometer weiter. Aber hier hielt sich das prächtige Wetter, zumindest im Moment noch.

Morgen würde es losgehen. Ich trank die Flasche aus, ging mich duschen – und anschließend ins Bett: Zumindest einmal würde ich es noch genießen, in gemütlichen Federn statt in einem engen, verschwitzen Schlafsack zu pennen. Entspannt schlummerte ich ein.

Donnerstag, 11. Juni, morgens, gegen acht

In der Nacht hatte ich einen seltsamen Traum: Ich wollte ein Fußballspiel besuchen, in einem Stadion, dessen Dach von gelben Pylonen getragen wurde. Mein Platz befand sich in einem der obersten Blöcke auf der Tribüne. Dorthin konnte man sich seltsamerweise mit einem Aufzug fahren lassen. Ich bestieg den Aufzug und wurde nun immer höher und höher gefahren, bis ich schließlich – viel zu weit oben – an einem der Pylonen herauskam. Ich war hier noch viel höher, als es von unten den Anschein gehabt hatte, man konnte über die gesamte Stadt sehen, fast so, als befände man sich auf einem Fernseh- oder Aussichtsturm. Und dann wurde ich einfach aus dem Lift gekippt und fiel hinunter, fiel immer weiter, sah die Stadt auf mich zurasen. Erst ganz kurz bevor ich aufschlug, spürte ich einen Widerstand an meinen Füßen. Irgendjemand musste mich unbemerkt an eine Art Bungee-Seil geknöpft haben. Sanft wurde ich abgebremst. Doch dann wurde ich nicht wieder hinaufgezogen wie man es von einem Gummiband hätte erwarten können, sondern sank ganz langsam auf den Boden. Dann klinkte ich mich aus, nahm die ganze Situation seltsam gelassen und selbstverständlich hin – und machte mich wieder auf den Weg zum Eingang, um das Stadion noch rechtzeitig zum Spielbeginn erneut zu betreten.

Ich stand auf und schüttelte den Traum aus meinem Kopf. Dann setzte ich mich in Boxershorts und T-Shirt an meinen Küchentisch, machte Kaffee und schüttete Haferflocken und H-Milch in eine Schüssel. In ein paar Minuten würde Thomas zu mir kommen. Er war noch nie bei einem größeren Open-Air-Festival gewesen. Vor einigen Tagen hatte ich ihn beinahe dazu zwingen müssen, sich nicht eine extra Checkliste dafür anzulegen, was er nicht vergessen durfte. Ich rührte nachdenklich in der Schüssel mit den Haferflocken.

Als es klingelte, schreckte ich auf. Thomas kam die Stufen hinaufgeschnaubt. Er war ein großer, etwas rundlicher Typ, und – wie Matthias häufiger zu sagen pflegte – er war eigentlich *zu gut für diese Welt*. Bitten konnte er nahezu niemandem abschlagen, er war hilfsbereit bis zur Selbstaufgabe, und er war immer zu allen freundlich. Kurz: Eigentlich war er das Gegenteil von mir. Es hatte mir nicht gefallen, als ich mir das einmal eingestehen musste, aber es stimmte. Ich zeigte mich ziemlich häufig und erschreckend gerne schroff und abweisend, machte meinen Mitmenschen ohne Not das Leben schwer. Das machte mir meistens sogar Spaß. Thomas hingegen war die Freundlichkeit in Person. Als Einziger aus unserer Dangerbird-Gruppe war er kein Student, sondern arbeitete im Maurerbetrieb seines Vaters. Daher hatte er sich im Unterschied zu uns extra zwei Tage Urlaub nehmen müssen. Seine Freundin hatte ihm dafür bereits ausgiebig den Kopf gewaschen.

„Komm rein, nimm dir Kaffee“, sagte ich, während Thomas eine vollgepackte Sporttasche unter den Küchentisch wuchtete, „ich muss noch ein, zwei Sachen erledigen.“

Tatsächlich wollte ich vor allem noch den Müll runterbringen. Irgendwie eine seltsame Idee: War ich zu Hause, hatte ich kein Problem damit, dass der Mülleimer drei oder vier Tage vollgefüllt neben der Spüle stand. Jetzt, da ich über das gesamte Wochenende weg sein und zu allem Überfluss auch noch zwischen leeren Konservendosen und plattgetretenen Tetrapaks zelten würde, störte mich die Vorstellung auf einmal, dass hier noch Müll in der Wohnung vor sich hin gammelte. Vielleicht war das in weiser Voraussicht schon eine Art Vorbereitung auf die Rückkehr, eine Hilfe, nach dem heillosen Chaos des Festivals wieder in die geregelte Ordnung des Alltags zurückzufinden. Aus dem gleichen Grund hatte ich gestern Vormittag den einen Raum, in dem ich wohnte und schlief, gesaugt und sowohl Bad als auch Küche gewischt. Ich zog mir eine Hose an, raffte den Müll zusammen und brachte den Sack nach unten zur Tonne.

Als ich wieder oben war, schob ich eine Scheibe Weißbrot in den Toaster.

„Sollten wir nicht langsam los?“ begann Thomas ungeduldig zu werden. Eigentlich hatte er recht, schließlich waren wir in gut einer Stunde mit Matthias und Anna verabredet. Zwar befanden sich die gestern gekauften Vorräte schon im Kofferraum, aber jetzt mussten wir ja irgendwie noch das zusätzliche Gepäck verstauen. Neben der Eingangstür stand sorgsam verpackt mein blaues Zelt, das für die nächsten Tage das Zuhause von mir und Thomas werden sollte. In eine Reisetasche hatte ich gestern Abend meine Festivalstandardausrüstung gepackt: zwei Hosen, eine lang, eine kurz, diverse T-Shirts, eine leichte Regenjacke, Unterwäsche, Taschenlampe, Deo, Zahnpasta – *Sturmgepäck* eben, wie Matthias das im letzten Jahr häufiger genannt hatte. Mehr brauchte man eigentlich nicht. Thomas schien allerdings weitaus mehr dabei zu haben. Aber er hatte diesbezüglich ja auch noch keinerlei Erfahrungswerte.

„Stimmt, lass uns gehen“, sagte ich und ließ die herausspringende Toastscheibe unangetastet. Stattdessen prüfte ich sorgfältig, ob die Kaffeemaschine abgeschaltet war. Dann zog ich meine Jeansjacke über, und wir machten uns auf den Weg. Unten an der Straße beluden wir den Wagen. Die Vorräte schoben wir auf die linke Seite, nachdem wir notdürftig das Chaos beseitigt hatten, das meine gestrige Vollbremsung im Kofferraum verursacht hatte. Thomas schüttelte den Kopf, als ich ihm die Ursache dafür erklärte. Dann deponierten wir meine Reisetasche im Kofferraum. Die Sporttasche von Thomas passte gerade noch dazu. Das Zelt und die zusammengerollten Schlafsäcke legten wir erst einmal auf die Rückbank. Dazu kamen noch zwei Campingstühle, die ich aus dem Keller holte. Dann setzten wir uns ins Auto. Thomas stellte das Radio an, um über den Verkehrsfunk in Erfahrung zu bringen, ob wir irgendwo aufgehalten werden könnten. Bislang schien alles frei. Fluchend rangierte ich den Wagen hin und her; irgendjemand hatte mich am Abend schwerstens zugeparkt. Als ich endlich freie Fahrt hatte, gab ich etwas zu viel Gas für die Tempo-30-Zone, zum Glück ohne Folgen.

Kurze Zeit später erreichten wir die Emdener Straße, wo Matthias und Anna auf uns warteten und fröhlich winkten, als sie meinen Wagen um die Ecke biegen sahen.

„Einen wunderschönen guten Morgen!“ rief Matthias uns beinahe überschwänglich entgegen, während wir ausstiegen, um den beiden zur Begrüßung um den Hals zu fallen. Auf dem Bürgersteig hatten sie einen enormen Berg aus zwei Taschen, zwei Schlafsäcken, einem Pavillon-Zelt und Annas rotem Zweipersonenzelt aufgetürmt. Ich grübelte, wie wir das alles in den Wagen bekommen sollten. Vor einigen Tagen hatte alles noch so selbstverständlich ausgesehen: Zu viert zum Dangerbird zu fahren versprach natürlich wesentlich mehr Spaß als – wie letztes Jahr – zu zweit zum Vampire-Blues. Und nachdem letztes Jahr mit dem Wagen alles so gut geklappt hatte, hatten wir uns kaum Gedanken über die Anreise gemacht. Es war ganz einfach klar gewesen, dass wir wieder mit meinem Auto fahren würden, auch zu viert. Über das Mehr an Mensch, Gepäck und Proviant hatten wir nicht eine Sekunde nachgedacht.

„Und was jetzt?“ fragte Thomas. Matthias runzelte ebenfalls die Stirn. Mist.

Donnerstag, 11. Juni, gegen zehn

Eine gute Stunde später bogen wir endlich auf die Autobahn, Richtung Süden. Es hatte ewig gedauert, bis wir alles halbwegs akzeptabel verstaut hatten. Den Proviant und das Gepäck von mir und Thomas hatten wir wieder aus dem Kofferraum geholt und dann genervt noch einmal ganz von vorne angefangen mit dem überdimensionalen Tetris-Spiel. Das Resultat sah jetzt so aus: Thomas saß neben mir auf dem Beifahrersitz, seine Sporttasche klemmte zwischen seinen Beinen, den Schlafsack hatte er auf dem Schoß. Matthias saß hinten links, Anna neben ihm. Zwischen den beiden türmten sich meine Reisetasche und zwei Zelte, die mir nahezu jegliche Sicht durch die Heckscheibe nahmen. Anna hatte ihren Schlafsack ebenfalls auf dem Schoß, Matthias seinen zwischen den Beinen und dafür zwei Paletten Dosenbier auf den Knien. Das restliche Gepäck der beiden und der übrige Proviant waren im Kofferraum gelandet.

„Und jetzt noch das Schlauchboot!" hatte Matthias gegrinst, als wir unser Hab und Gut mit Mühe und Not im Wagen verstaut hatten. Nachdem wir zwischenzeitlich durchaus erhebliche Zweifel gehabt hatten, ob wir tatsächlich alles würden mitnehmen können, waren wir schlussendlich so erleichtert gewesen, dass wir ganz vergaßen, uns über den wieder einmal tadellos anspringenden Wagen zu freuen.

Der Einzige, der volle Beinfreiheit hatte und in seiner Bewegung nicht durch Gepäck beeinträchtigt wurde, war ich. Aber dafür musste ich ja auch fahren. Zumindest hatten wir uns darauf geeinigt, dass ich den Anfang machen würde. Zwischendurch sollte Matthias mich ablösen. Immerhin hatten wir gut siebenhundert Kilometer vor uns.

Aber eigentlich war es ganz gemütlich im Auto, dachte ich. Ausgerüstet wie wir waren, hätten wir auch spontan umdrehen, in die entgegengesetzte Richtung fahren und zwei Wochen Campingurlaub in Schweden machen können. Sicher, die Sitzposition der anderen war im Grunde alles andere als bequem. Und spontan zwei Wochen wegzubleiben würde doch arg mit unseren universitären Verpflichtungen und Jobs kollidieren. Aber es war eben genau diese Stimmung, die uns alle euphorisch werden ließ, dieses Gefühl unterwegs zu sein, dieses Gefühl etwas ganz Großartiges vor sich zu haben: Drei Tage und Nächte Feiern, davon zwei Tage mit einigen der besten Musiker unserer Zeit, Sonntag dann eine erschöpft-glückliche Rückfahrt.

Die Autobahn war frei. Der morgendliche Berufsverkehr war um diese Uhrzeit weitestgehend durch und die großen Staus des Wochenendes waren noch Zukunftsmusik. Es machte sich also schon bezahlt, dass wir einen Tag vor dem offiziellen Beginn des Dangerbird anreisten. Es war nicht nur so, dass wir vor der großen Anreisewelle der Besucher noch eine größere Auswahlmöglichkeit auf dem Campingareal hätten, um unsere Zelte an einem möglichst günstigen Fleckchen aufzustellen – sondern auch so, dass die freien Straßen ganz einfach auch eine angenehmere und schnellere Reise versprachen.

Ich schaute in den Rückspiegel, wo sich meine Blicke kurz mit denen Annas trafen. Sie hatte klare, blaue Augen und blonde Haare, die sie jetzt gescheitelt und offen über die Schultern trug. Damit passte sie sogar optisch hervorragend zu Matthias. Kennengelernt hatten sie sich, als Anna vor einigen Monaten in unsere Stadt gezogen war, um hier ein Französisch-Studium zu beginnen. Der Zufall hatte es gewollt, dass sie in die WG über der von Matthias eingezogen war. Kurze Zeit später waren sie sich im Treppenhaus über den Weg gelaufen, und es hatte sofort zwischen ihnen gefunkt. Meinen Blick beantwortete sie mit einem strahlenden Lächeln. Ja, sie war ohne Zweifel attraktiv, dachte ich.

„Gib mir mal das schwarze Tape aus dem Handschuhfach“, sagte ich zu Thomas, da ich fand, dass jetzt eigentlich nur noch Musik fehlte. Einen CD-Player gab es in dem Wagen nicht. Ich hatte im Verlauf des letzten Jahres einfach nicht die Zeit und auch nicht die Kohle gehabt, um ein solches Gerät einzubauen. Das heißt, die Kohle wäre vielleicht sogar da gewesen. Aber anstatt auf einen CD-Player im Auto zu sparen, hatte ich sie lieber fortwährend für anderes ausgegeben. Hauptsächlich neue CDs. Und immerhin erfüllten Kassetten letztlich denselben Zweck. Außerdem hatte es auch etwas herrlich Altmodisches, CDs auf Band zu überspielen oder tatsächlich ganz klassische Mix-Tapes fürs Auto zusammenzustellen. Mir machte das nicht nur nichts aus, nein, es machte mir Spaß.

„Willkommen in der Neuzeit", murmelte Matthias hinter mir trotzdem, als Thomas die Kassette in den vorgesehenen Schlitz im Armaturenbrett schob.

„Was soll das denn sein?" regte sich Protest von Anna, als die ersten Takte des ersten Songs liefen. Es handelte sich um die aktuelle Platte von Dover, jener spanischen Gruppe, die jahrelang raue Garagenrockmusik gespielt hatte, nun jedoch eher diskotaugliche Elektronikklänge produzierte. Zur Stimme der Sängerin passte das eigentlich ganz ausgezeichnet, fand ich. Außerdem war das hervorragende Musik zum Autofahren, vor allem im Sommer. Das sahen die anderen allerdings nicht so.

„Hast du nichts anderes?" fragte Thomas und wühlte sich durchs Handschuhfach, wobei er massiv von dem Schlafsack auf seinem Schoß behindert wurde.

„Ja, bitte, irgendetwas mit ein wenig mehr Gitarren wäre gut", meldete sich Anna.

„Und nicht so viel Elektronik bitte", sagte Matthias.

„Da haben wir doch was Passendes!" rief Thomas und hielt triumphierend eine Kassettenhülle über die Handbremse, so dass auch Matthias und Anna die Beschriftung lesen konnten. Es war eine Aufnahme von *Automatic Thrill*, der leider letzten Platte von Gluecifer. Ich hatte die Existenz dieser Kassette im Handschuhfach beinahe schon vergessen. „Meinetwegen", sagte ich. Trotzdem war ich nicht zufrieden. Den Spaniern war gar keine echte Chance eingeräumt worden. Zudem war *mein* musikalischer Vorschlag in *meinem* Auto von *meinen* Freunden abgelehnt worden. Aber davon wollte ich mir jetzt nicht die Stimmung trüben lassen.

Dreckige Gitarrenklänge drangen durch die Boxen ins Wageninnere. Nun gut, das passte auch ganz gut zu einer mehrstündigen Autofahrt zu einem Festival. Die Sonne schien. Ich setzte meine Sonnenbrille auf, überholte zwei Lkw und einen Kleinwagen – und kurbelte das Seitenfenster hinunter.

„Entschuldigung", sagte Anna, „kannst du das Fenster wieder zumachen? Es zieht."

Nahezu reflexartig wanderte meine linke Hand vom Lenkrad zur Kurbel. Verdammt, dachte ich. Anna saß jetzt gerade mal eine halbe Stunde in meinem Wagen und schien bereits das Kommando übernommen zu haben. Erst hatte sie meinen Musikwunsch abgeschmettert, jetzt mein Verlangen nach frischer Luft.

„Muss das sein?" murmelte ich. „Ist doch nur ein bisschen Wind. Und es ist warm."

„Und wenn ich eine Mittelohrentzündung bekomme? Dann ist das ganze Festival gelaufen. Das zieht mir echt voll in den Nacken."

Anna konnte genauso bestimmend sein wie hübsch. Was hatte das Mittelohr denn bitteschön mit dem Nacken zu tun? Aber da ließ sich nichts machen. Widerwillig schloss ich das Fenster und drehte dafür am Knopf für die Innenbelüftung. Denn selbstverständlich hatte der Wagen auch keine Klimaanlage. Es würde eine heiße Fahrt werden. In vielerlei Hinsicht.

Donnerstag, 11. Juni, nach zwölf

Wir waren nun über zwei Stunden unterwegs. Es war warm, die Sonne schien. Alles lief wie am Schnürchen. Aber ich merkte, dass beim Fahren die Konzentration langsam nachließ, ich brauchte eine Pause.

„Auf die Autobahnraststätten habe ich keinen Bock", erklärte Matthias, „fahr doch mal von der Piste runter. Wir finden bestimmt irgendwo ein nettes, kleines Lokal."

Alle fanden die Idee gut, und bei der nächsten Abfahrt ordnete ich mich auf die rechte Spur ein. Dann fuhren wir auf einer von Bäumen gesäumten Landstraße durch eine herrliche Gegend, Reste der Rapsblüte tauchten die Landschaft in grelles Gelb, unterbrochen nur von kleinen Waldstücken. Ein wenig kam ich mir vor, wie in diesen amerikanischen B-Horrorfilmen, in denen ein paar junge Leute gutgelaunt durch die ländlichen Gegenden des Mittleren Westens fahren – bis die Straße durch irgendetwas blockiert ist oder der Motor platzt und das Unheil mit irgendwelchen hinterwäldlerischen Monstern seinen Lauf nimmt. Von Unheil war allerdings nichts zu spüren. Nur fanden wir keine passende Gaststätte und kurvten ein wenig ziellos umher.

Gerade, als wir aufgeben wollten, entdeckte Anna am Straßenrand ein Schild, auf dem für das Anglerstübchen geworben wurde: Aal aus eigener Räucherung, noch drei Kilometer, dann nach rechts.

Als wir auf den Hof bogen, stellte sich das Restaurant als klassisches Ausflugslokal heraus. Hinter dem Gebäude konnte man in einem bezaubernden Garten sitzen, der von einem plätschernden Bach begrenzt wurde. Die Tische befanden sich auf einem kleinen Steg neben dem Gewässer, Sonnenschirme und Linden spendeten Schatten, Insekten schwirrten über dem hohen Gras. Auf der Terrasse neben der Eingangstür sonnte sich eine gescheckte Katze. Das war genau das, was wir uns vorgestellt hatten.

Wir suchten uns einen Tisch direkt am Wasser und bestellten Cola und ein Wasser für Anna.

„Ich könnte auch was zu essen vertragen", sagte Thomas.

„Ich auch." Matthias beugte sich ein wenig nach vorne, um die Speisekarte vom Tisch zu angeln.

In Anbetracht der Tatsache, dass wir uns in den nächsten Tagen überwiegend von Fastfood ernähren würden, war es tatsächlich eine hervorragende Idee, jetzt noch einmal etwas Gesundes zu essen, von einem richtigen Teller wohlgemerkt. In der Karte war allerdings nur das übliche Programm eines Ausflugslokals zu finden: Schnitzel Wiener Art, Sülze mit Bratkartoffeln, Currywurst mit Pommes. Für die Vegetarierin Anna machte das die Auswahl ganz schön schwer. Letztlich fanden aber alle etwas Passendes, auch wenn Anna sich mit einem Salat begnügen musste, der laut Thomas aussah wie ein Haufen Gartenabfälle.

„Hätte ich wahrscheinlich ohnehin genommen“, sagte sie.

Wir bestellten bei einer freundlichen jungen Kellnerin und lehnten uns zurück. Vom Studium der Speisekarte abgelenkt, hatte sich von uns gänzlich unbemerkt ein älteres Ehepaar am Nebentisch niedergelassen. Auch hier kam die Kellnerin nun vorbei, um die Bestellung aufzunehmen.

„Ich nehme das Schnitzel“, sagte die Dame, „aber ohne Bratkartoffeln. Die mag ich nicht. Ich nehme dazu lieber eine Ofenkartoffel. Und Kräuterquark.“

Die Kellnerin runzelte die Stirn und machte die Dame darauf aufmerksam, dass sie nun genau genommen zwei Gerichte bestellt hatte, nämlich einerseits Schnitzel und andererseits eine Ofenkartoffel mit Kräuterquark. Offenbar gehörte das Rentnerpaar aber zu den Stammgästen des Anglerstübchens. Freundlich bot die Kellnerin nämlich an, eine Ofenkartoffel als Beilage für das Schnitzel zurecht machen zu lassen. Soviel zum Thema *Dienstleistungswüste Deutschland*, dachte ich. Doch die rüstige Dame legte nach.

„Aber nicht so viel. Beim letzten Mal habe ich das ja gar nicht geschafft. Machen Sie das doch bitte in Kinderteller-Größe.“ Abermals hatte die Kellnerin einen Einwand, nämlich jenen, dass Kinderteller eigentlich nur für Kinder infrage kämen. Die Rentnerin atmete schwer ein und aus. Am Nebentisch versuchten wir krampfhaft, nicht laut loszulachen.

Schließlich willigte die Kellnerin ein, die ungewöhnliche Bestellung irgendwie mit der Küche – und der Kasse – zu arrangieren. Offenbar hatte sie keine Lust auf weitere Diskussionen. Stattdessen wandte sie sich dem Ehemann der Dame zu, der bis jetzt noch gar nichts gesagt hatte.

„Und für Sie, der Herr?"

„Er nimmt das Bauernfrühstück", bestellte die resolute Dame, ohne auch nur eine Sekunde auf eine mögliche Antwort ihres Gatten zu warten. Er richtete sich kurz auf, nahm die Bestellung aber ohne Protest hin und ließ den Blick anschließend in Richtung des Baches gleiten. Offenbar hatte er längst aufgegeben, seiner Frau Widerworte zu geben. Das Bauernfrühstück zu essen, auch wenn er vielleicht gar keinen Appetit darauf hatte, schien ihm offenbar ein geringeres Übel, als gegen den Willen seiner Frau etwas nach eigenem Geschmack zu bestellen. Das würde nur Streit geben. Wahrscheinlich würde sie ihm vorwerfen, dass er beim letzten Besuch im Anglerstübchen etwas bestellt hatte, das er dann nicht aufzuessen geschafft hatte. Im Unterschied zu ihr, wo die große Portion Schuld daran war, dass ein Gericht nicht zu schaffen war, machte sie bei ihm die Augen verantwortlich, die natürlich wieder einmal größer als der Appetit gewesen waren. Ich konnte mir vorstellen, wie es im trauten Heim der beiden zuging: Wenn sie meinte, Mineralwasser sei zu teuer, würde er klaglos Leitungswasser trinken. Wenn sie fand, es sei zu kalt oder zu warm draußen, würde er ohne Weiteres ebenfalls drinnen sitzen. Wenn es sie störte, was er im Radio hörte, würde er ohne Murren den Sender wechseln. Wenn sie meinte, es zöge, würde er reflexartig das Fenster schließen.

Verdammt, dachte ich, was war das denn für ein Gedankengang? Musik? Fenster? Das hatten wir doch gerade erst. Eben noch hatte ich die Hoffnung hegen wollen, niemals so zu enden wie dieses Rentnerpaar. Und jetzt musste ich feststellen, dass

Anna mich vorhin im Auto mit zwei kurzen Bemerkungen ebenso im Griff gehabt hatte. Gut, die Musikauswahl war einer Mehrheitsentscheidung zum Opfer gefallen. Und das Fenster zu schließen war wahrscheinlich sinnvoll gewesen und zudem ein simples Gebot von Höflichkeit und Rücksicht. Trotzdem. Immerhin war ich mit Anna ja nicht einmal liiert, geschweige denn verheiratet. Und trotzdem tanzte ich nach ihrer Pfeife.

„Boys will be boys and girls have those eyes that cut you in ribbons sometimes", murmelte ich den Text der Gaslight-Anthem-Ballade *Here's Looking at You Kid* vor mich hin.

„Hä?" fragte Anna, die immer noch damit kämpfte, ob des mitgehörten Gesprächs vom Nebentisch nicht zu lachen und dabei eine seltsame Grimasse schnitt.

„Ich meine nur", erklärte ich, „dass Frauen grundsätzlich ihre Männer im Griff haben. Bei jüngeren Paaren reicht ein Blick. Du weißt schon, *dieser* Blick. Bei älteren Paaren ist der Blick nicht mehr nötig. Irgendwann wird resigniert."

„So was Bescheuertes", sagte Anna. „Nur weil so ein paar alte Leute sich seltsam verhalten, bedeutet das doch nicht, dass man irgendwann genauso werden muss."

„Man muss gar nichts", sagte ich, während sich Annas Augenbrauen leicht zusammenzogen und ihre Miene von fröhlich auf trotzig wechselte. „Eigentlich muss man gar nichts, aber aus irgendwelchen Gründen läuft die Geschichte immer darauf hinaus, dass ..."

„Eben, man muss gar nichts", warf Thomas ein, der wie so häufig deeskalierend eingriff und den möglichen Streit zum Glück schon im Keim erstickte. „Seht mal, da kommt unser Essen."

Wir bestellten noch eine Runde Getränke. So schnell, wie sich die Stimmung eingetrübt hatte, war sie wieder aufgehellt. Natürlich musste man nicht so werden wie die Rentner am Nebentisch, die jetzt wortlos nebeneinander saßen und mürrisch beobachteten, wie unser Essen aufgetragen wurde, während sie sich noch gedulden mussten. Vielleicht verhielten sich die beiden ja auch gar nicht immer so. Eventuell hatte sie auch nur schlecht geschlafen oder war aus irgendwelchen anderen Gründen gerade miesgelaunt. Und überhaupt war das ja gar nicht mein Problem.

Donnerstag, 11. Juni, kurz nach 13 Uhr

Nach dem Essen pulte sich Thomas umständlich eine Zigarette aus der Schachtel und zündete sie an. Er rauchte zwar nur gelegentlich, aber jetzt, nachdem er gerade einen fettigen Backfisch mit sehr viel Remoulade und einem Berg Bratkartoffeln verdrückt hatte, war offenbar genau der richtige Zeitpunkt gekommen.

„Was für eine herrliche Ruhe“, kommentierte er die Szenerie, während er die Arme über den Kopf ausstreckte und genüsslich den Rauch ausblies. Ich ließ den Blick noch einmal durch den Garten des Anglerstübchens schweifen. Unter die überhängenden Zweige einer Weide hatte sich knapp über der Wasseroberfläche ein Mückenschwarm verirrt. Die Katze neben der Tür stand auf, machte einen Buckel, gähnte – und rollte sich wieder zusammen. Es war beinahe schade, dass wir schon wieder los mussten. Anna drückte derweil interessiert auf ihrem Handy herum.

„Ich warte die ganze Zeit auf eine Nachricht von Christina“, erklärte sie. Christina war eine Schulfreundin von Anna. Allerdings beschränkte sich der Kontakt der beiden seit Annas Umzug hauptsächlich auf regelmäßige und unglaublich lange Telefonate. „Sie wollte eigentlich auch zum Dangerbird, aber es ist ja ausverkauft. Mal sehen, ob sie irgendwie noch ein Ticket ergattern kann.“

„Ja, mal sehen“, sagte Matthias, der seiner Freundin offenbar kaum zugehört hatte und träumend auf das Wasser starrte. Dann zahlten wir und standen auf.

Mit ein wenig Mühe zwängten wir uns wieder in den Wagen. Für die nächste Etappe sollte mich Matthias am Steuer ablösen. Das bedeutete eine gewisse Rotation im Auto: Ich saß jetzt auf dem Beifahrersitz, mit Reisetasche zwischen den Knien und Schlafsack auf dem Schoß, Thomas wechselte nach hinten links auf die Rückbank. Da dem Beifahrer das Kartenlesen zukam, übernahm ich jetzt diese Aufgabe. Nach einer Weile hatte ich den Ort gefunden, in dem wir gerade unsere Rast eingelegt hatten. Bevor es jetzt weiterging, mussten wir uns über die richtige Route einigen.

„Wenn wir da links abbiegen und dann hier rüber fahren, können wir uns die ganze Tour zurück sparen und vier Auffahrten später wieder auf die Autobahn zurück“, schlug ich vor und zeigte den anderen die mögliche Strecke auf der Karte.

„Würde ich nicht machen“, gab Thomas zu bedenken, „wir wissen, wo wir hergekommen sind, den Weg finden wir auch gut wieder zurück.“

„Ach komm, ist doch nett so über Land zu fahren“, fand dagegen Anna.

„Also gut“, sagte Matthias, „probieren wir es. Schließlich haben wir eine Straßenkarte, einen hervorragenden Navigator und ausreichend Zeit.“ Damit war das beschlossene Sache.

Matthias drehte am Zündschlüssel. Und es tat sich nichts. Das heißt, es tat sich doch etwas: Das Auto klapperte, schepperte, machte Geräusche wie ein kaputter Rasenmäher. Aber es sprang nicht an.

„Das hat ja gerade noch gefehlt“, fluchte er. „Ich hab doch gewusst, dass dieser Karre nicht zu trauen ist. Kacke!“ Er schlug mit der flachen Hand gegen das Lenkrad.

„Lass mich mal“, sagte ich. Matthias trat die Kupplung, und ich griff hinüber und drehte den Schlüssel. Abermals ein kurzes Klacken unter der Haube. Doch dann das vertraute Geräusch eines anspringenden Motors. Ich grinste.

„So macht man das“, sagte ich trocken und blickte triumphierend in die Runde. „Wenn man sein Auto kennt, dann weiß man auch, wie man es startet.“

In Wirklichkeit war mir allerdings gar nicht so triumphal zumute. Für einen Augenblick hatte ich mir tatsächlich schwere Sorgen gemacht, dass wir auf dem Parkplatz des Anglerstübchens stranden würden, statt zum Festival zu fahren. Außerdem war ja überhaupt nicht klar, was passieren würde, wenn wir den Motor das nächste Mal ausmachten, und sei es beim demnächst einzulegenden Tankstopp. Aber vielleicht war das ja nur eine kleine Unregelmäßigkeit, ein wenig Pech am Wegesrand. Warum sollten wir nicht beim nächsten Mal wieder Glück haben?

Matthias gab Gas und bog vom Hof auf die Landstraße. Jetzt war es noch ein wenig gemütlicher im Auto. Schließlich musste ich jetzt nicht fahren. Klar, nun saß ich zwar beengt von Schlafsack und Sporttasche auf dem Beifahrersitz – konnte dafür aber noch ausgiebiger die Landschaft beobachten. Aus dem Handschuhfach wühlte ich meine legendäre Kassette mit einer Zusammenstellung von Johnny Cashs *American Recordings* hervor. Das passte gerade hervorragend, fand ich.

„Und die bleibt diesmal drin!“ unterstrich ich meine Auswahl nachdrücklich, während aus den Boxen Geschichten von betrunkenen Outlaws und wild-romantische Coverversionen von Nick Cave und Trent Reznor kamen. Zum Glück konnte sich der Rest der Gruppe diesmal halbwegs mit der Musik anfreunden. Schließlich passte sie tatsächlich hervorragend zu einer kleinen Spazierfahrt über Land. Abermals wechselten sich kleine, dunkle Waldstücke, die wir wie Tunnel durchfuhren, mit weiten Feldern ab. Ich begann zu träumen. Konnte man dort hinten nicht die hübsche Tochter einer Bauernfamilie sehen, wie sie mit einem lockeren, weißen Sommerkleid bekleidet, barfuß über einer frischgemähten Sommerwiese die Wäsche aufhängte?

Donnerstag, 11. Juni, gegen zwei

War ich kurz eingenickt? Ich gähnte. Wir fuhren gerade durch eine langgezogene Rechtskurve. Der Wagen sackte kurz aber heftig in ein Schlagloch. Dann bremste Matthias das Auto jäh ab. Vor uns befand sich eine Weggabelung; eine Weggabelung wie sie eigentlich nur in Comic-Heften vorkommt: Ganz plötzlich teilte sich die Straße in zwei holprige Feldwege, ohne vorherige Ankündigung, ohne weiteres Schild, ohne ein Haus in der Nähe, wo man sich gegebenenfalls bei freundlichen Menschen eine gutgemeinte Auskunft über den weiteren Weg hätte einholen können. Lediglich eine verfallene Scheune ließ sich zu unserer Rechten erkennen, umstanden von einigen knorrigen Eichen.

„Und jetzt?“ fragte Matthias.

„Wo sind wir?“ gab ich ein wenig verwundert zurück und stellte fest, dass mir die Karte aus der Hand gefallen war.

„Ich dachte, *du* weißt, wo wir sind“, sagte Matthias und drehte sich in meine Richtung. Auf seiner Stirn zeichneten sich jetzt kleine Fältchen ab. „Ich meine, *du* hattest die Karte.“

„Ich bin wohl kurz eingeschlafen.“

„Das darf ja wohl nicht wahr sein!“

„Es darf eigentlich nicht wahr sein, dass man immer geradeaus fährt, bis es nicht mehr weitergeht, nur weil man keine neuen Anweisungen bekommt. Du hättest doch mitbekommen können, dass ich schlafe.“

„Ich habe auf die Straße geachtet. Genauso, wie du auf die Karte achten solltest. Wenn mir niemand sagt, wo ich abbiegen soll, fahre ich eben geradeaus!“

„Faschist!“

„Schnauze!“

„Wisst ihr was“, schaltete sich Thomas ein, „ich geh mal pissen.“

„Endlich mal eine vernünftige Idee“, kam es zustimmend von Annas Platz. Beide kramten mühsam das Gepäck zur Seite, das sie mehr oder weniger auf die Rückbank fesselte, und stiegen jeweils nach rechts und links aus dem Auto aus. Thomas machte sich auf den Weg in Richtung der Scheune, Anna verzog sich in die entgegengesetzte Richtung, wo ein Weizenfeld Deckung versprach.

Ich holte die Karte wieder hervor und versuchte rauszufinden, wo wir uns gerade befanden. Matthias und ich waren zu lange und zu gut befreundet, als dass wir uns an so einer Auseinandersetzung lange aufhalten würden. In der Regel regten wir uns kurz über irgendetwas auf, schmissen uns wilde Flüche an den Kopf – und mussten dann selber darüber lachen.

„Wäre doch langweilig, ohne sich zu verfahren“, grinste ich.

„Na ja, normalerweise verpassen wir nur mal eine Abfahrt und verlieren uns nicht irgendwo in der Wildnis.“

„Wie lange habe ich geschlafen?“

„Wann bist du denn eingepennt?“

„Keine Ahnung.“

„Kann ja nicht so lange gewesen sein.“

Ich hielt die Karte zwischen uns, und wir steckten die Köpfe zusammen. Das Problem war, dass wir nicht recht wussten, ob diese Weggabelung auf der Karte überhaupt eingezeichnet war. Wir rätselten noch, als ich plötzlich eine Bewegung an der rechten Seite wahrnahm: Thomas kam mit schnellen Schritten zurück zum Auto.

„Kommt mal rüber, das müsst ihr sehen!“ rief er aufgebracht.

Sichtlich aufgeschreckt tauchte Annas Kopf zwischen den Ähren auf; in einer fließenden Bewegung richtete sie sich auf, zog dabei ihre Jeans hoch und warf die Haare zurück. Alles auf einmal. Irgendwie sah das klasse aus, fand ich. Ein wenig säuerlich schaute sie herüber zu Thomas.

„Was ist denn los?“ fragte Matthias. Ich zuckte mit den Schultern. Schauen wir nach, dachte ich und schob den Schlafsack beiseite. Umständlich öffnete ich die Tür und kämpfte mich ins Freie. Matthias schüttelte kaum merklich den Kopf, zog den Zündschlüssel ab und stieg ebenfalls aus. Thomas war schon wieder auf dem Rückweg zur Scheune. Anna blickte ihm skeptisch nach und kam die Hose zuknöpfend auf den Feldweg getrottet.

„Und was jetzt? Müssen wir uns noch das ganze Touristen-Programm von Was-weiß-ich-wo-wir-gerade-sind ansehen?“ fragte sie mürrisch.

„Wenn Thomas das meint“, antwortete Matthias, „sehen wir eben nach.“

Thomas war wieder bei dem windschiefen Bretterverschlag angekommen und bewegte sich so argwöhnisch darum herum, als würde er vom Teufel persönlich bewohnt.

„Seht ihr das?“ fragte er, als wir uns langsam schlendernd näherten.

„Ich sehe, dass die Hütte arg einsturzgefährdet ist“, meinte Matthias.

„Nein, ich meine, seht ihr das da drinnen?“

„Was ist das?“ fragte Anna, die versuchte, abwechselnd durch den Eingang und die Ritzen zwischen den einzelnen Latten, die einmal die Außenwand gewesen waren, zu spähen. Irgendwie war diese Scheune unheimlich, wie sie da so unter den Bäumen im Schatten stand, fernab von jeder Zivilisation. Ich musste wieder an diese B-Horrorfilme denken: Erst die schöne Fahrt durch noch schönere Landschaft, dann verirrt, jetzt eine verfallene Scheune mit undefinierbarem Inhalt. Matthias wäre sicher das erste Opfer; Anna würde irgendwann panisch schreiend mit zerfetzten Klamotten und von irgendetwas gehetzt durch einen nächtlichen Wald laufen, Thomas sich schließlich für sie opfern. Und ich?

Ich blickte vorsichtig durch die Tür. Das von den überhängenden Blättern ohnehin gefilterte Sonnenlicht beleuchtete spärlich den düsteren Innenraum. Drinnen konnte man allerlei ausrangierte Gerätschaften erkennen. Scheinbar war das alles wertloser Schrott. Oder es brauchte sich in dieser Gegend niemand Sorgen über möglichen Diebstahl zu machen – das konnte immerhin ja sogar sein; denn es lebte hier ja ohnehin keine Menschenseele. Ich machte noch einen Schritt weiter, stand nun im Eingang und sah ins Innere. Langsam gewöhnten sich meine Augen an die Dunkelheit. Thomas stieß mir in die Seite.

Und da entdeckte ich, dass in der hinteren Ecke in einer schmalen Box ein Pferd stand, genauer gesagt: ein schwarzer Hengst. Er beobachtete uns argwöhnisch und tänzelte unruhig hin und her.

„Wie kann man denn auf diese Weise ein Pferd halten?“ fragte Anna ärgerlich.

„Er hat überhaupt gar keinen Auslauf“, erklärte Thomas, der ja bereits um den Verschlag herumgeschaut hatte. Der Hengst schnaubte und klapperte mit den Hufen.

„Soll das heißen, er steht die ganze Zeit hier im Dunkeln?“ fragte Anna.

„Scheint so.“

„Sollen wir ihn befreien?“ schlug ich vor. Das Tier wieherte jetzt und schien langsam panisch zu werden. Er schien eine ungeheure Kraft zu besitzen, die er in dem engen Stall zwischen all dem Schrott wohl kaum ausleben konnte. Was der Besitzer hier mit dem Pferd anstellte, war auf jeden Fall Tierquälerei. Warum sperrte jemand einen Hengst in einen dunklen Schuppen? Mein Vorschlag, ihn zu befreien war natürlich kaum durchführbar. Oder sollten wir etwa fortan wie Trapper mit ihm über Land ziehen?

„Wir sollten die Polizei rufen und den Typen anzeigen“, hatte Anna eine durchaus naheliegendere Idee. Sie zog ihr Handy hervor, musste aber feststellen, dass sie hier keinen Empfang hatte. Außerdem wussten wir ja nicht einmal genau, wo wir waren. Wohin sollten wir die Polizei also bestellen? Der Hengst schlug jetzt hart mit den Hufen gegen die Holzwand der Box.

„Ich glaube, wir machen ihm Angst“, sagte Thomas.

„Und ich glaube, er will hier unbedingt weg“, sagte ich.

„Und ich glaube, das will ich auch“, sagte Matthias und zog mich zurück. „Mir ist die Sache nicht geheuer. Komm, wir fahren. Lass uns einfach wenden und die Straße zurückfahren. Irgendwann müssen wir doch ein Schild finden oder eine Kreuzung, die auf der Karte verzeichnet ist. Ich habe keinen Bock mehr auf die Gegend hier. Ich will jetzt zum Dangerbird. Musik und Spaß, statt verlassene Scheunen und irre Pferde.“

Wir gingen zum Auto zurück. Auf Annas Armen ließ sich Gänsehaut erkennen. War ihr im Schatten kalt geworden? Oder hatte sie sich tatsächlich so gegruselt? Oder einfach nur Mitleid mit der gequälten Kreatur gehabt? Wahrscheinlich war es eine Mischung aus allem.

Als wir uns wieder in den Wagen gezwängt hatten, blickte ich noch einmal zurück zur Scheune. In diesem Moment gab es einen Windstoß, der plötzlich kühl über das Land fegte. Aus dem Inneren der Scheune hörte man das panisch-flehentliche Wiehern des einsamen Tieres. Sicher wollte er am liebsten raus aus diesem Alptraum aus Dunkelheit und Schrott. Ich hätte ihm gerne geholfen. Trotzdem war ich jetzt heilfroh, dass der Motor sofort ansprang und wir diesen seltsamen Ort so schnell wie möglich verlassen konnten.

Donnerstag, 11. Juni, halb drei

Matthias wendete, und wir fuhren den Weg zurück, den wir gekommen waren. Es dauerte zwar länger, als ich gedacht hätte, aber nach gut 15 Kilometern entdeckten wir eine Abzweigung, an der eine Ortschaft mit Autobahnauffahrt ausgeschildert war. Ich blickte kurz auf die Karte. Offenbar hatten wir uns gar nicht so weit verfahren. Wir waren nach meinem Einschlafen lediglich viel weiter parallel zur Autobahn unterwegs gewesen als geplant. Die Straße hatte dann einen Knick gemacht, und wir waren tatsächlich über den Rand der Karte hinausgefahren; wo auch immer wir gelandet waren, war nicht mehr verzeichnet.

Als wir zwanzig Minuten später auf die Autobahn bogen, waren wir wieder auf dem richtigen Weg. Ich lehnte mich auf dem Beifahrersitz zurück und freute mich. Das war nun schon die zweite seltsame Situation an diesem Tag gewesen: Erst das alternde Ehepaar im Anglerstübchen, dann das Pferd in der Scheune. Die eine Situation war lustig gewesen, die andere eher gruselig. Aber über beides würden wir sicher noch lange erzählen.

In diesem Moment wurde mir bewusst, dass ich hier mit den Menschen unterwegs war, die mir derzeit irgendwie am meisten am Herzen lagen. Mit diesen Leuten wollte ich durch Dick und Dünn gehen: durch Spaß und Horror, Hauptsache zusammen. Da war Matthias, den ich schon so lange kannte und der der Definition des *einen besten Freundes* vielleicht am nächsten kam. Dann Thomas, der besonnene Typ, der mich immer wieder auf den Boden der Tatsachen zurückholte und mit seinem trockenen Humor zum Lachen brachte. Und Anna, zwar die Neueste im Bunde, die mit ihrer lockeren Art aber hervorragend in unser Grüppchen passte und sich ohne Umschweife eingelebt hatte. Wir waren vier Freunde auf Abenteuertour! Uns konnte nichts passieren! Selbst wenn wir bei der Scheune tatsächlich die Fahrt zum Festival abgebrochen hätten, um fortan mit dem Hengst als Packtier bis an unser Lebensende durch die Wildnis zu streifen – wir hätten das schon hinbekommen!

Nach einer Weile machte uns Matthias darauf aufmerksam, dass die Nadel der Tankanzeige sich bedrohlich nach links neigte.

„Der nächste Stopp ist unser“, sagte er. „Außerdem ist dann mal wieder wer anders dran mit Fahren.“

Einige Kilometer weiter hielten wir an einer Raste. Als der Tank gefüllt war, ging ich hinein, um zu bezahlen und eine Packung Pfefferminzbonbons zu kaufen. Zurück beim Auto, fiel mir auf, dass hier schon ein reger Anreiseverkehr zum Dangerbird herrschte: An der Tankstelle standen bestimmt zehn Autos, die ähnlich vollgepackt waren wie unser eigenes. Und auf dem Parkplatz vor dem Restaurant der Raststätte ließ sich noch einmal ein gutes Dutzend erkennen. Die dazugehörigen Mitfahrer ließen kaum einen Zweifel daran, dass es sich hier nicht um Familien auf dem Weg in den Sommerurlaub handelte, sondern um Festivalreisende. Wenn sie ausstiegen, streckten sich alle übermäßig wegen der durch das viele Gepäck hervorgerufenen Enge in den Autos. Viele machten eine längere Pause im Restaurant; andere legten nur einen kleinen Halt ein, setzten sich auf Bänke und bedienten sich bei den Getränken aus dem Kofferraum.

„Junge, Junge, das wird bestimmt ganz schön voll auf dem Festival“, sagte Matthias. Immerhin waren wir noch gut hundert Kilometer entfernt. Außerdem ging das Dangerbird offiziell ja erst morgen los.

„Macht doch nichts“, entgegnete Anna, „je mehr Leute, desto besser.“

„Da bin ich ja mal gespannt“, sagte Thomas ein wenig gedankenverloren. Anna zog ihr Handy hervor.

„Cool, Christina kommt tatsächlich auch“, freute sie sich. „Sie hat sich gestern im Netz eine Karte ersteigert. Hat mir eben eine SMS geschickt.“

„Na, das kann ja was werden“, sagte Matthias und drehte sich in meine Richtung. „Zusammen sind die beiden Himmel und Hölle gleichzeitig!“ Als Christina vor einigen Wochen zu Besuch bei Anna gewesen war, hatte sich Matthias danach ausgiebig bei mir über die allgemeine und bisweilen übertriebene Albernheit der beiden beschwert. Jede für sich allein sei eigentlich ganz ruhig, hatte er gemeint, zusammen jedoch seien sie mehr als anstrengend gewesen. Für eine zurückhaltende norddeutsche Seele wie ihn war das jedenfalls ganz einfach zu viel gewesen.

„Mit wem kommt sie denn?“ wollte Matthias wissen.

„Alleine. Und zwar per Zug. Ich rufe nachher mal durch. Vielleicht können wir uns auf dem Zeltplatz ja treffen!“

Warum nicht, dachte ich. Das hörte sich doch ganz interessant an. Wir vollzogen für die letzte Etappe den geplanten Fahrertausch, was bedeutete, dass wir im Auto alle wieder auf unsere Ausgangspositionen zurückwechselten: Matthias von vorne links nach hinten links, Thomas von hinten links auf den Beifahrersitz, ich von vorne rechts hinters Steuer. Lediglich Anna hatte über die gesamte Fahrt ihren Stammplatz hinten rechts behalten. Aber das war auch okay, dachte ich.

Ich drehte den Zündschlüssel im Schloss. Der Motor sprang ohne Murren an und lief rund wie lange nicht mehr. Ich lächelte und gab Gas.

Donnerstag, 11. Juni, halb sechs

Nach einer halben Stunde mussten wir von der Autobahn abfahren. Das Festivalgelände befand sich auf einem ausrangierten Militärflughafen in der Nähe des Dorfes Torfbach. Der nächstgrößere Ort war Wiesenheim, nach dem wir uns jetzt orientierten. Die Anfahrt führte uns für die letzten dreißig bis vierzig Kilometer über Landstraßen.

„Nicht dass wir uns noch mal verfahren“, meinte Matthias von der Rückbank.

„Ich schlafe ja nicht, ich fahre“, antwortete ich. „Und Thomas sieht auch so aus, als sei er wach.“ Ich sah hinüber zu ihm. Er hatte die Karte im Blick und nickte mir beruhigend zu. Es konnte also nichts mehr passieren.

Nach einiger Zeit wurde die Karte sogar überflüssig: Eifrige Helfer der Festivalorganisation hatten an jeder Kreuzung Schilder aufgehängt, die uns jetzt zuverlässig den Weg wiesen. Auf der Straße waren jetzt praktisch ausschließlich Autos unterwegs, die deutlich erkennbar auf dem Weg zum Dangerbird waren. Manche Reisende hatten den Schriftzug des Festivals sogar auf die Heckscheibe oder an die Türen gemalt. Auf der entgegenkommenden Spur fuhren hingegen so gut wie gar keine Autos – abgesehen von einigen Streifenwagen der örtlichen Polizei, die die ordnungsgemäße Anreise der Festivalbesucher überwachte.

Doch plötzlich war Schluss. Der Wagen vor uns stoppte. Und so weit der Blick nach vorne reichte, ließ sich nichts als eine stehende Blechlawine erkennen, die sich durch die Landschaft schlängelte. Ihr Ende war nicht in Sicht.

„Jetzt noch Stau?“ wunderte sich Thomas.

„Ist normal“, erklärte Matthias. „Die Autos stauen sich vom Eingang zurück. Da kann man nichts machen. Nur warten. Und natürlich ein Bier trinken.“

Mit diesen Worten zog er eine der Dosen von der Palette auf seinen Knien und riss sie auf.

„Igitt, das ist doch warm“, sagte Anna.

„Macht nichts, ich habe Durst.“

„Gib mir auch eins!“ drehte sich Thomas zu ihm um und bekam ebenfalls eine Dose gereicht. „Schließlich sind wir ja jetzt wohl endlich angekommen!“

„Ach egal", änderte Anna spontan ihre Meinung. „Dann nehme ich jetzt auch eins. Wird ja eh nicht richtig kühl übers Wochenende."

Eigentlich saß ich ja noch am Steuer. Aber andererseits war bis zum endgültigen Ziel auf dem Festivalgelände auch maximal Stop-and-go-Verkehr möglich. Zumindest ein Bier würde ich auch trinken können, dachte ich, trotz der patrouillierenden Polizei. Wir stießen über der Handbremse an, Bier schäumte aus den Dosen und tropfte auf die Mittelkonsole. Aber das war jetzt auch egal. Um uns herum sah man in den anderen Autos Leute, die es ganz ähnlich machten wie wir. Andere ließen ihre Autos mit weit geöffneten Türen langsam vorwärts rollen und unterhielten sich und ihre Umgebung mit Musik aus der Anlage. Manche waren auch ausgestiegen und liefen neben den Wagen her, nach einer langen Anreise zweifellos eine angenehme Abwechslung. Teilweise wurden sogar die Motoren ausgeschaltet und das Auto per Hand vorwärts geschoben, wenn es denn ein Stückchen weiterging. Mit unserem launigen Anlasser wollten wir das allerdings lieber nicht riskieren.

Es dauerte mehr als eine Dreiviertelstunde, bis wir schließlich das Ende der Schlange sehen konnten. Vorne befand sich ein Tor, durch das jedes Auto langsam fahren musste. In Schrittgeschwindigkeit näherten wir uns. Als wir das Tor passierten, warf ein Ordner kurz einen Blick in den Innenraum des Wagens und checkte, dass wir in Besitz von vier gültigen Eintrittskarten waren. Dann wies er uns den Weg zum Parkplatz und wünschte noch viel Spaß.

Wir folgten seiner Anweisung und rollten langsam auf die Parkplatzwiese. Hier mussten wir das Auto abstellen und mit dem Gepäck zu Fuß weiter zum Campingareal gehen. Es war klar, dass wir nicht das gesamte Gepäck und den Proviant auf einmal tragen konnten. Also entschlossen wir uns, erst mal nur die Zelte und die Reisetaschen mitzunehmen und den Rest später nachzuholen. Um uns herum herrschte geschäftiges Treiben:

Überall wurden Autos entladen, manche Leute machten sich schwer beladen auf den Weg zum Campingplatz, andere kamen zurück, um den Rest ihrer Sachen zu holen.

„Merk dir gut, wo die Karre steht!" riet Matthias, während ich meine Reisetasche schulterte. Bevor wir uns auf den Weg machten, steckte ich noch schnell vier Bierdosen ein, die würden wir gleich brauchen. Das Zelt trugen Thomas und ich gemeinsam, Matthias und Anna hielten es mit ihrem genauso. Während wir der Beschilderung folgten, kreuzten wir die ehemalige Startbahn des Flughafens. Man konnte sich jetzt kaum noch vorstellen, dass hier noch vor einigen Jahren Kampfjets gestartet und gelandet waren; im Gegenteil, man lief hier inmitten einer Menschenmenge lustig plaudernd über die Asphaltpiste – noch vor Jahren eine nahezu undenkbare Unternehmung.

Kurze Zeit später erreichen wir den Campingplatz. Abermals passierten wir einen Kontrollpunkt, an dem wir unsere Eintrittskarten vorzeigen mussten. Hier wurde unser Gepäck nach verbotenen Gegenständen durchsucht. Neben den Ordnern hatte sich eine ganze Batterie an Glasflaschen angesammelt, die sie bei den Besuchern gefunden und eingezogen hatten. Von Wein und Sekt bis hin zu simplen Ketchupflaschen war beinahe alles vertreten.

Auf dem Areal ließ ich den Blick schweifen. Überall sah man wirres Gewusel: Zelte wurden aufgebaut, Menschen lachten und riefen sich kaum hörbare Sätze zu. So weit das Auge reichte, reihte sich in wilder Unordnung Zelt an Zelt. Lediglich ein paar mit weiß-rotem Absperrband freigehaltene Wege konnte man erkennen, die wie Schneisen zwischen dem Wald aus Zeltplanen lagen. Hier und da hatten die Camper Fahnen gehisst, die nun im Wind flatterten. So ließen sich zum Beispiel Lokalpatriotismus und Fußballsachverstand demonstrieren oder auch die Anhängerschaft einer bestimmten Band – je nachdem, was auf den bunten Wimpeln abgedruckt war, Stadtwappen, Fußballverein oder Bandlogo. Zudem ließ sich nachts auch das eigene Zelt einfacher wiederfinden, wenn man sich an einer Flagge orientieren konnte. In der Luft lag der Geruch von Grillanzündern und Holzkohle. Die ländliche Idylle des Anglerstübchens hatten wir nun endgültig hinter uns gelassen. Denn auch wenn man durchaus erahnen konnte, dass die Landschaft rund um den aufgegebenen Flughafen durchaus schön war und auch wenn zwischen den Wegen und Zelten immer mal wieder kleine Grüppchen von Kiefern das Gesamtbild auflockerten, so war hier jegliche Ruhe schlicht und ergreifend abwesend. Die Festivalbesucher glichen dabei einer unübersichtlichen Masse, die wie ein summender Heuschreckenschwarm über die Landschaft hergefallen war. Menschen im Urzustand: anarchisch-chaotisch wie bei Hobbes, friedlich-glücklich wie bei Rousseau.

„Wohin?“ fragte Matthias, nachdem wir ein gutes Stück über den Platz gelaufen waren.

„Dahinten sieht es gut aus“, meinte Anna und zeigte auf eine freie Stelle zu unserer Rechten. Das Plätzchen, das sie meinte, war nur wenige Meter von dem Zaun entfernt, der das Campingareal begrenzte. Dahinter befand sich eines der kleinen Kiefernwäldchen.

„Wenn wir Glück haben, kriegen wir durch die Bäume ein wenig Schatten“, schätzte sie. „Der Platz müsste genau für unsere Zelte ausreichen. Und Christina bekommt ihr Iglu auch noch unter.“

„Dann machen wir das doch so“, stimmte Matthias ihr zu. Wir gingen die paar Schritte zu der freien Stelle, wo Matthias und Anna wie auf Kommando gleichzeitig ihr Zelt losließen, so dass es mit einem sanften *Plopp* zu Boden plumpste. Thomas und ich überlegten, wie wir unsere Behausung aufstellen sollten. Doch bevor wir mit dem Aufbau begannen, spendierte ich erst mal die Runde Dosenbier aus meiner Reisetasche und fand drei dankbar-erfreute Abnehmer.

Donnerstag, 11. Juni, gegen 19.30 Uhr

Als die Zelte schließlich standen, hatten wir fünf Heringe verbogen und beinahe eine Stange zerbrochen. Zudem gab es einige harsche Worte bezüglich der richtigen Anordnung von Ausgang, Überzelt und Spannschnüren. Aber mit gegenseitiger Hilfe hatte schließlich doch alles geklappt. Letztlich hatten wir die die Zelte so aufgebaut, dass die Eingänge sich mit ein wenig Abstand gegenüberlagen. Danach machten Matthias, Thomas und ich uns auf den Weg zum Auto, um den Rest zu holen; Anna richtete sich schon mal häuslich ein.

Noch einmal mussten wir schwer tragen: Stühle, Schlafsäcke, Pavillon-Zelt, einen Teil der Getränke. Thomas spottete über die mangelnde Tragfähigkeit von Matthias und mir: Was wir mit Mühe und Not vor uns hinschleppten, trug er beinahe unter jedem Arm. Zurück an unserem Zeltplatz bauten wir den Pavillon so zwischen unsere Zelte auf, dass in der Mitte ein kleines überdachtes Plätzchen entstand. So hatten wir uns inmitten der riesigen Zeltstadt eine kleine, gemütliche Nische geschaffen. Dorthin stellte Thomas nun einen der Campingstühle und ließ sich mit einem Seufzer hineinsinken. Geräuschvoll leerte er den Rest aus seiner Dose.

„Endlich angekommen!" erklärte er – nun schon zum zweiten Mal – mit einem Rülpser und zündete sich eine Zigarette an. Matthias und Anna zauberten eine Wolldecke aus ihrem Zelt hervor, die sie unter dem Pavillon-Dach ausbreiteten. Nachdem ich meine Tasche und den Schlafsack unorthodox in das aufgebaute Zelt geworfen hatte, ließ ich mich ebenfalls in einen Stuhl fallen. Matthias und Anna setzten sich Rücken an Rücken auf die Decke und sahen dabei aus wie Models aus einer Jeans-Werbung. Man konnte bisweilen durchaus neidisch werden. Wir öffneten eine weitere Runde Bier und stießen abermals auf das Dangerbird-Festival an. Thomas hatte recht: Wir waren endlich angekommen. Von dem riesigen Festivalgelände hatten wir bislang zwar nicht mehr als den Parkplatz und einen Bruchteil des Campingareals gesehen, aber das war im Moment egal. Das Geschleppe war anstrengend gewesen, der Zeltaufbau ebenfalls. Jetzt brauchten wir erst mal eine Pause. Außerdem begann der Alkohol langsam zu wirken. Ich blinzelte. Die Sonne stand jetzt so tief, dass sie schräg unter das Dach des Pavillons schien. Aber sie war jetzt nicht mehr ganz so kräftig wie tagsüber, und wir genossen die letzten warmen Strahlen.

Thomas blickte immer noch fasziniert von dem unaufhörlichen Treiben um uns herum durch die Gegend, als Festivalneuling war er von der Masse an Menschen nach wie vor beeindruckt. Matthias, Anna und ich genossen derweil schweigend und mit geschlossenen Augen die erwartungsfrohe, geschäftige Atmosphäre. Ein beinahe himmlischer Moment der Ruhe inmitten des ganzen Chaos, dachte ich. Doch dann klingelte plötzlich Annas Handy. Es war Christina, die sich erkundigte, wo wir waren. Anna beschrieb ihr in knappen Worten den Weg zu unserer Nische: vierhundert Meter auf dem Hauptweg, danach schräg rechts. Dort wollte Anna dann warten und Christina abholen.

Wir überlegten gerade, ob wir noch eine neue Dose Bier aufmachen oder mal eine Kleinigkeit essen sollten, als Anna mit Christina im Schlepptau zurückkam. Schon auf den ersten Blick war klar, dass Matthias mit seiner Feststellung, die beiden seien Himmel und Hölle zugleich, sogar doppelt recht gehabt hatte: Während Anna mit ihren blonden Haaren immer ein wenig unschuldig aussah, trug Christina die Haare schwarz gefärbt und halblang. Dazu ein rotes Top und eine schwarze Hose – was insgesamt wesentlich angriffslustiger wirkte. Außerdem hatte sie einen natürlich-dunkleren Teint und war nicht ganz so zierlich wie Anna. Dass sie ungeheuer attraktiv war, sah ich jedenfalls schon, als sie noch bestimmt zwanzig Meter entfernt war. Und die beiden ergänzten sich vorzüglich: Mehr als eine Person drehte unwillkürlich den Kopf und blickte den beiden

Mädchen nach, als sie vorbeischlenderten. Anna hatte Christina das Zelt abgenommen, so dass diese lediglich ihre Reisetasche tragen musste. Fröhlich stellte sie sich vor.

„Matthias kenne ich ja schon", sagte sie. „Und du musst Thomas sein!" Sie schüttelte uns reihum die Hand. Schnell hatten wir ausgemacht, dass sie ihr Zelt als drittes mit dem Eingang zum Pavillon stellen sollte. So wurde der Platz zwischen den Zelten zwar noch ein wenig kleiner, aber dafür bekam unser Camp nun fast einen Höhlencharakter.

Wir halfen Christina beim Aufbau, dann machten wir es uns unter dem Pavillon bequem und ließen uns von ihrer Anreise erzählen. Wir hatten ja während der Fahrt schon eine ganze Menge erlebt. Aber sie war schließlich per Zug unterwegs gewesen, was gemeinhin noch ein wenig abenteuerlicher sein konnte; daher brannten wir auf ihre Geschichte.

„Am Anfang lief noch alles glatt", begann sie. „Erst mal vier Stunden mit dem Intercity, dann umsteigen. Aber aus irgendwelchen Gründen hat der Zug sich mehr als dreißig Minuten Verspätung eingehandelt. Da war der Anschlusszug natürlich weg."

„Klar, die Bahn", murmelte Matthias wissend und öffnete sich eine neue Dose Bier.

„Nachdem ich geschlagene fünfundvierzig Minuten auf dem Bahnhof gewartet hatte, fuhr dann der nächste Zug", erzählte Christina weiter. „Der kam zwar letzten Endes pünktlich in Wiesenheim an, aber dafür hat das mit den Shuttlebussen nach Torfbach absolut nicht geklappt. Eigentlich sollte es ja einen Pendelverkehr zum Festivalgelände geben. Aber die Busse sind total unregelmäßig gefahren, es gab keinen Fahrplan, keine ausgehängten Abfahrtzeiten. Und wenn dann doch einer fuhr, haben sie die Leute natürlich drauf gestürzt, als wäre es der letzte Bus, der ein Katastrophengebiet evakuiert. Die waren dann natürlich komplett überfüllt. Probiert mal, sechzig Personen mit Gepäck und Zelten in einen Bus zu quetschen. Der Horror! Ich bin erst mit dem fünften Bus mitgekommen, zwischenzeitlich habe ich schon gedacht, ich müsste mir ein Taxi nehmen. Das hätte natürlich aber die Kohle für das komplette Wochenende aufgefressen, schließlich sind es locker noch mal dreißig Kilometer vom Bahnhof. Aber was soll's, jetzt bin ich ja hier."

Sie erzählte beinahe ohne Luft zu holen. Und während sie sprach, hing ich ununterbrochen an ihren Lippen. Dabei war es weniger das *was* sie erzählte, sondern eher *wie* sie es erzählte – es war ihre Ausstrahlung, ihre lebhaften Augen, ihr Schmollmund. In Gedanken bedankte ich mich bei Anna dafür, dass sie ihre Freundin zu uns gelotst hatte. Christina war gerade einmal eine halbe Stunde in unserem Camp, und ich war bereits restlos von ihr begeistert.

Dann beschlossen wir, unsere Festivalbändchen abzuholen. Wir studierten den Lageplan des Festivalareals und entdeckten nach einigem Suchen den Container, wo die Bändchen ausgegeben wurden. Er befand sich direkt am Übergang vom Campingplatz zum eigentlichen Festivalgelände, dort, wo die beiden Bühnen aufgebaut worden waren. Als wir eintrafen, hatte sich schon eine beträchtliche Schlange gebildet. Wir warteten geduldig, bis uns ein grobschlächtiger Typ mit Oberarmen wie Baumstämme, die keinen einzigen nichttätowierten Fleck zu haben schienen, im Tausch gegen die Karte das etwa einen Zentimeter breite, rote Stoffband fest um das Handgelenk nietete. Das würde man nur noch per Schere abbekommen. Außerdem bekamen wir einen großen Müllsack ausgehändigt, den wir vollgefüllt zurückgeben sollten, was uns dann einen Geldschein einbringen sollte: *Müllpfand* hieß diese clevere Erfindung der Festivalorganisation.

Thomas zog fasziniert an seinem Bändchen und prüfte die Niete, mit der es befestigt war. Für viele Besucher war ein solches Festivalbändchen ein Souvenir, das wie eine Trophäe getragen und gar nicht wieder abgenommen wurde. Bei einigen hatte sich am Handgelenk so ein kleines Festivalmuseum gebildet, mit dem der Umwelt mitgeteilt wurde, welche Open Airs der stolze Träger in den letzten Jahren besucht hatte. Allerdings brachte das auch eine nicht zu verachtende Wolfgang-Petry-Optik mit sich.

„Ich schätze, jetzt sind wir endgültig angekommen", sagte Thomas – nun zum dritten Mal. Eine unmissverständliche Aufforderung, möglichst schnell in die Nähe eines Bieres zu gelangen.

„Ich glaube, wir sind heute den ganzen Tag lang immer wieder endgültig angekommen", ergänzte Matthias. „Erst mit dem Auto in der Schlange, dann auf dem Parkplatz, dann auf dem Campingplatz, dann als die Zelte standen, dann als Christina dazukam, jetzt wo wir die Bändchen haben. Wenn wir wirklich *jedes* Mal darauf getrunken hätten, könnte ich jetzt schon nicht mehr stehen!"

Und nun? Wir blickten uns ein wenig fragend an. Im Grunde hatten wir jetzt alles erledigt, was sich an diesem Donnerstag erledigen ließ. Das offizielle Programm begann erst morgen Mittag. Außerdem war das Bühnengelände noch abgesperrt, hier würde man ebenfalls erst morgen hinkommen.

Wir konnten uns also beruhigt unserer privaten Feierlaune hingeben und sehen, wie sich der Abend entwickelte. Verpassen würden wir jedenfalls nichts. Allerdings machte sich nun ein allgemeines Hungergefühl breit. Seit dem Anglerstübchen hatten wir schließlich nichts mehr gegessen. Glücklicherweise gab es auf dem Campingplatz einige Imbissstände. Anna, Matthias und Christina entschieden sich für asiatische Nudeln, Thomas und ich aßen frittierte Calzone. Gestärkt machten wir uns auf den Weg zurück zu den Zelten.

Donnerstag, 12. Juni, mitten in der Nacht

Einige Stunden später lag ich in meinem Schlafsack und ließ mir den Tag noch einmal durch den Kopf gehen. Neben mir schnarchte Thomas leise vor sich hin. Wir hatten nach der Rückkehr zum Campingplatz noch einige Biere mit unseren Zeltnachbarn getrunken. Matthias hatte gefunden, dass sich das so gehörte, schließlich wohne man jetzt drei Nächte nebeneinander. Ich fand das eher nicht und hielt die Nachbarn außerdem für Idioten. Ich hatte mich eine schier unendliche Weile mit einem Soziologiestudenten mit nicht vorhandenem Musikgeschmack über eben diesen auseinandersetzen müssen. Das hatte vom Unterhaltungswert ungefähr zwischen Fußnägel schneiden und Kontoauszüge abheften gelegen. Allerdings war mir das auch ziemlich egal gewesen, der Kerl konnte erzählen, was er wollte – ich hatte ihm eh kaum zugehört; schließlich hatte ich nur Augen für Christina gehabt. Sie hätte auch einfach nur dasitzen und laut die Grashalme zählen können. Ihr hätte ich trotzdem gebannt zugehört.

Später am Abend waren wir dann noch aufgebrochen zum Diskozelt, wo ab null Uhr Musik für die Unermüdlichen lief. Thomas war erst skeptisch gewesen, als er von dem Zelt gehört hatte; er hatte dabei eher an Bierzelte und Schützenfeste gedacht. Als wir eintrafen, stellte sich seine Sorge jedoch als vollkommen unbegründet heraus: Von außen konnte man zwar kaum einen Unterschied zu den Volksfest-Zelten erkennen, im Innern jedoch fand eine Party mit Independent-Rock-Musik statt. Menschen tanzten ausgelassen, sangen, lachten und brüllten sich wegen der Lautstärke die Sätze direkt ins Ohr. Genauso musste man übrigens auch Getränke bestellen. Gemeinsam orderten wir eine Runde Cocktails an der Bar, deren Preise uns bleich werden ließen. Allerdings waren Anna und Christina heiß auf solcherlei kalte Getränke gewesen, da sie nach einigen Dosen nun absolut keine Lust mehr auf Bier hatten.

Ich war allerdings nach der Fahrerei des Tages irgendwann zu müde gewesen. Eigentlich hätte ich gerne noch ein wenig weitergefeiert – aber um kurz vor drei streikte ganz einfach meine Kondition. Thomas wollte sich ebenfalls Kräfte für die kommenden zwei Tage sparen, schließlich sollte seine Lieblingsband erst am Samstag spielen. Also hatten wir den anderen noch einen schönen Abend gewünscht und uns ins Zelt verkrochen. Nun hatte es sich als Nachteil erwiesen, dass wir vorhin unser Gepäck so achtlos in die Behausung geworfen hatten, anstatt uns wie Anna häuslich einzurichten: Im Schein einer einzigen Taschenlampe mussten wir nun die Schlafsäcke ausrollen und versuchen, uns einigermaßen bequem hinzulegen.

„Ich hätte mir ein Kissen mitbringen sollen", hatte Thomas noch gesagt, nachdem er seinen Kopf auf einen zusammengequetschten Pullover gebettet hatte, dann war er eingeschlafen. Von außen hörte ich noch immer Leute lachen, rufen und sich unterhalten. Vom Diskozelt oder aus einer der vielen privat mitgebrachten Anlagen wehte Musik herüber. Ein ereignisreicher und insgesamt durchaus erfolgreicher Tag ging zu Ende: Bislang hatte alles so geklappt, wie wir es uns vorgestellt hatten. Ich dachte noch einmal an das Anglerstübchen und das eingesperrte Pferd. Und an Christina. Dann schlief ich auch ein.

Freitag, 12. Juni, morgens

Als ich aufwachte, hörte ich direkt vor meinem Zelt vertraute Stimmen. Zeit um erst mal richtig wach zu werden hatte ich also keine; außerdem schien die Sonne auf die Plane, und es wurde unerträglich heiß im Zelt. Mühsam richtete ich mich auf und rieb mir die Augen. Thomas war offensichtlich schon wach. Ich gähnte und fischte ein frisches T-Shirt aus der Tasche. Drei Minuten später zog ich den Reißverschluss auf und blickte ins Freie. Dort saßen unter unserem Pavillon Thomas, Matthias und Anna. Lediglich Christina schien noch zu schlafen. Überrascht von der allgemeinen Munterkeit krabbelte ich aus dem Zelt und sah auf die Uhr.

„Es sind noch über drei Stunden, bis die ersten Bands anfangen“, sagte ich und schob mir die Zahnbürste in den Mund. „Und ihr seid jetzt schon munter?“ fragte ich durch den Schaum der Zahnpasta. „Wie lange wart ihr eigentlich noch weg?“

„Nicht so lange“, antwortete Matthias. „Es war irgendwann nicht mehr so toll im Diskozelt. Die Musik wurde kurz nachdem ihr gegangen seid ziemlich grausam. So Elektronik-Kram wie der, mit dem du uns im Auto foltern wolltest.“

Ich überging die Bemerkung. Einerseits wusste ich, dass Matthias mich lediglich aufziehen wollte, andererseits war es noch früh am Tag, und meine Gedanken tropften nach dem ganzen Alkohol vom Vortag ohnehin noch ein wenig langsam durchs Gehirn.

„Und habt ihr schon Pläne für den Tag?“ wollte ich wissen und spuckte aus.

„Haben wir“, erklärte Thomas. „Wir brauchen nämlich neues Bier.“

„Was?“

„Ja, wir haben nur noch ein paar Dosen übrig. Und noch zwei Tage vor uns.“

Ich blickte zur Seite, wo wir unter unserem Vorzelt das Bier gelagert hatten. Es stimmte. Vor allem Thomas hatte gestern ganz schön zugelangt, sogar noch mehr als Matthias und ich. Einen solch großen Durst hatten wir beim Einkauf nicht eingeplant. Die halbe Palette, die wir noch am Zeltplatz hatten, und die verbliebene volle, die sich noch im Kofferraum befand, würde wohl kaum für die kommenden zwei Tage reichen. Vor allem, wenn Thomas seine Schlagzahl beibehielt.

Ich versuchte auszurechnen, was wir noch einkaufen mussten, auch wenn ich im Moment an alles außer ans Biertrinken denken mochte. Plötzlich wurden meine Überlegungen allerdings jäh unterbrochen: Aus Christinas Zelt ließ sich ein beinahe hysterisches Quieken vernehmen. Mit so früh am Morgen unerwarteter Geschwindigkeit flog der Reißverschluss auf, und sie sprang aus dem Zelt.

„Scheiße!“ rief sie langgezogen. „Warum immer bei mir?!“ Um uns herum begannen einige andere Frühaufsteher neugierig zu gucken.

„Was ist denn los?“ Thomas drehte interessiert den Kopf zur Seite, machte aber keine Anstalten zu helfen oder auch nur aus seinem Campingstuhl aufzustehen. Christina rieb sich mit der flachen Hand über die Arme – ganz so, als ob irgendetwas sie unendlich jucken würde.

„Da ist ein Käfer in meinem Zelt“, erklärte sie, „der ist so groß.“ Sie hielt die Hände etwa fünfzehn Zentimeter auseinander. „Und hat Pfoten wie eine Katze.“ Und dann beinahe quengelnd: „Bitte!?“ Sie blickte in die Runde.

„Moment“, schaltete ich mich ein. „Das haben wir gleich.“ Mit Insekten hatte ich nie Probleme gehabt. Im Gegenteil, die meisten fand ich absolut interessant. Einen Augenblick dachte ich an die Fliege, die vorgestern im Vorlesungssaal auf meinen Notizen gelandet war. Ich zog die Plane zur Seite und schaute in Christinas Zelt.

„Wo ist er denn?“

„Da hinten.“ Sie zeigte auf das Kopfende ihres Schlafsacks. „Bestimmt hat er sich schon verkrochen und wartet, dass ich zurückkomme!“

„Genau. Und dann frisst er dich auf.“

Ich hob den Schlafsack ein wenig an und fand das Tier in einer Falte. Es handelte sich um nichts weiter als einen Maikäfer, der etwas spät im Jahr unterwegs war und sich hierher verirrt hatte. Behutsam nahm ich ihn in die rechte Hand, hielt die linke schützend darüber und trug ihn ins Freie. Irgendwie fühlte ich mich wie ein edler Ritter, der einem hübschen Burgfräulein einen ehrenvollen Dienst erwies. Oder auch ganz einfach nur cool.

„Will ihn noch jemand sehen?“ fragte ich und zog die linke Hand zurück. Thomas reckte den Kopf, um das Insekt aus der Nähe zu begutachten.

„Ein Maikäfer“, sagte er, „kein Grund zur Panik.“

„Eben“, sagte ich zu Christina.

„Ich hasse dieses Viehzeug“, unterbrach sie mich. „Danke.“

Damit legte sie einen Arm um meine Schultern, drückte mich kurz – und hauchte mir vollkommen unerwartet einen Kuss auf den Hals. Dann drehte sie sich um und verschwand wieder in ihrem Zelt. Offenbar wollte sie noch irgendetwas holen, sich umziehen oder was auch immer. Ich jedenfalls blieb eine halbe Ewigkeit wie elektrisiert und angewurzelt stehen. Das Festival, der Campingplatz, die Welt, alles um mich herum verschwand plötzlich. Mit den Fingerkuppen wollte ich der Stelle am Hals nachspüren, die Christina eben mit ihren Lippen berührt hatte. Doch gerade, als sich die Hand wie automatisch der Stelle näherte, bemerkte ich in ihr ein Krabbeln.

„Der Käfer“, sagte Anna, lächelte verschmitzt und zeigte auf das Tier, das sich langsam fortbewegend meinen Fingerspitzen näherte.

„Ach ja“, druckste ich herum. Den hatte ich fast vergessen. Schemenhaft nahm ich Teile der mich umgebenden Realität wahr. Wie eine weiße Taube bei einer Olympia-Eröffnungsfeier umschloss ich das Insekt abermals mit den Händen und warf es hoch in die Luft. Augenblicklich breitete es die Flügel aus, hob sich gen Himmel, drehte noch eine Runde über dem Zeltplatz und verschwand dann aus meinem Blick.

„Maikäfer flieg!“ kommentierte Thomas die Szenerie und kratzte sich am Kinn. Ich blickte mich um. Sowohl Anna als auch Matthias grinsten wissend, sagten aber keinen Ton. Ein wenig verlegen senkte ich den Blick. Wurde ich sogar ein bisschen rot? Was war da gerade passiert? In einer Übersprunghandlung zog ich den Autoschlüssel aus meiner Hosentasche und drehte ihn um meinen Finger. In diesem Moment steckte Christina den Kopf aus ihrem Zelt.

„Ist was?“ fragte sie, offenbar verwundert über unser seltsames Schweigen.

„Nö, alles bestens“, antwortete ich schnell, bevor jemand anders etwas sagen konnte. „Wie geht es denn nun weiter?“

„Also gut“, begann Anna, die immer noch lächelte, „ich habe vorhin noch einmal das Programmheft durchgeblättert. Dabei ist mir aufgefallen, dass wir mit den Festivalbändchen auch freien Eintritt zum Freibad in Torfbach haben.“

„Du willst schwimmen gehen?“ fragte ich verwirrt und geistig nach wie vor maximal halb abwesend. Am Hals konnte ich noch immer den leichten Druck spüren. „Ich habe gar keine Badehose dabei.“

„Ach wenn das so ist, dann müssen wir uns natürlich einen Baggersee für FKK suchen.“

„Ich weiß nicht“, stammelte ich, jetzt überfahren. Meinte sie das ernst? Machte sie einen Scherz? Andererseits, nackt baden mit Anna und Christina ... „Echt?“

„So ein Quatsch!“ lachte Anna. „Komm mal wieder zu dir. Das war doch nur ein kleines Küsschen!“ Christina blickte interessiert auf. Mir war die Sache peinlich, aber ich tat so, als hätte ich Anna gar nicht gehört.

„Wir haben uns überlegt, ob wir nicht gleich in den Ort fahren“, fuhr sie fort. „Erst mal können wir dort irgendwo alle gemeinsam gemütlich frühstücken. Dann könnt ihr einen Supermarkt suchen und neues Bier holen, während Christina und ich ins Schwimmbad gehen und uns fix duschen. So eine Erfrischung wäre jetzt nämlich richtig klasse.“

„Das stimmt allerdings“, entgegnete Christina, „nach dem ganzen Zuggefahre gestern und der Nacht im Schlafsack wäre eine Dusche wirklich gut.“

Es gab zwar auch auf dem Campinggelände Duschen, aber schon von unserem Platz aus ließ sich erkennen, dass sich vor den entsprechenden Containern schon lange Schlangen gebildet hatten. Und besonders angenehm war es ohnehin nicht, in den mobilen Boxen zu duschen. Da war es durchaus verständlich, dass die Mädchen gerne die Möglichkeit einer Schwimmbaddusche nutzen wollten. Außerdem war die Aussicht auf ein Frühstück in einem Café oder bei einem Bäcker tatsächlich großartig. Die Idee in den Ort zu fahren war also wirklich gut. Torfbach war nur ein paar Kilometer entfernt, auch wenn man durch die Absperrungen rund um das Festivalgelände nun einen gewissen Umweg einplanen musste. Sicher, ich würde fahren müssen. Und wahrscheinlich sollte ich das nach dem ausgiebigen Alkoholkonsum gestern lieber nicht tun. Aber es blieb uns ja kaum etwas anderes übrig: Schließlich war das Bier quasi alle. Und ein ausgiebiges Frühstück würde meine Lebensgeister schon wieder wecken, dachte ich. Hier hatten wir schließlich nicht einmal Kaffee.

„Alles klar", sagte ich. „Wann wollen wir starten?"

„Zwei Minütchen noch", sagte Anna, „ich packe kurz mein Duschzeug zusammen, dann können wir eigentlich los."

Auf dem Weg zum Auto versuchte ich, mir den letzten Rest Schlaf aus den Augen zu reiben. Dann quetschten wir uns mal wieder in den Wagen. Diesmal hatten wir zwar kein Gepäck zu verstauen, waren dafür aber jetzt ja zu fünft. Thomas und ich nahmen unsere Stammplätze ein, Anna setzte sich hinten in die Mitte, Matthias und Christina jeweils links und rechts neben sie. Ich drehte den Zündschlüssel, und der Motor sprang an.

„Gott sei Dank", seufzte Anna.

„Wieso?" fragte Christina.

„Manchmal gibt es da Probleme mit dem Anlasser", klärte Matthias sie auf. „Aber wenn man von vorne gegen die Stoßstange tritt, geht er immer an. Der Wagen hat nämlich ein Eigenleben."

„Ach so!"

Ich parkte aus, und wir reihten uns in eine Schlange Autos ein, die ebenfalls das Gelände zu verlassen schienen. Offenbar waren wir nicht die Einzigen, die die Idee eines Frühstücks im Ort gehabt hatten. Als wir wenig später die Hauptstraße von Torfbach hinunterfuhren, bestätigte sich der Eindruck. Vor einem Bäckereigeschäft standen schon Menschen aus der Tür heraus, die allesamt Bändchen am Handgelenk trugen. Auch vor zwei Cafés ließ sich bereits im Vorbeifahren erkennen, dass kein Platz mehr frei war.

Freitag, 12. Juni, gegen elf

In einer Nebenstraße wurden wir schließlich fündig: Der Laden war zwar eher eine Eisdiele als ein Frühstücks-Café, aber das sollte für unsere Bedürfnisse reichen. Den Wagen stellten wir direkt vor dem Lokal ab und setzten uns an einen freien Tisch. Die Speisekarte offenbarte neben Eis in allen Variationen überraschenderweise auch kleine Pfannkuchen, die wir zusammen mit Kaffee bestellten. Die Mädchen entschieden sich für das volle Programm mit Vanilleeis und Kirschen, wir Jungs für eine klassische Variante mit Ahornsirup. Eigentlich hätte ich lieber ein herzhaftes Frühstück mit Spiegelei, Brötchen und Aufschnitt bevorzugt, aber man konnte schließlich nicht alles haben.

Während wir auf die Bestellung warteten, wurde ich von einem Läuten auf der anderen Straßenseite aufgeschreckt. Direkt gegenüber der Eisdiele befand sich eine Grundschule, wo just in diesem Moment die ersten Kinder Schulschluss hatten. Es war seltsam: Wir waren jetzt gerade mal etwas mehr als vierundzwanzig Stunden unterwegs, das Festival begann mit seinem Programm erst am Mittag, aber wir waren nach der Fahrt quer durch die Republik und der Nacht auf dem Zeltplatz so weit aus dem Alltag hinauskatapultiert worden, dass die Kinder, die nun aus dem Gebäude strömten, vollkommen deplatziert wirkten.

Sicher, eigentlich waren wir hier diejenigen, die nicht ins Bild passten, die Besucher des Dangerbird, die allumfassend über den Ort herfielen. Die Kinder gehörten dagegen hierher. Aber jetzt wirkten sie wie Außerirdische.

Eine etwas rundliche Italienerin brachte unsere Pfannkuchen an den Tisch und wünschte guten Appetit.

„Hoffentlich nehme ich davon nicht zu", sagte Christina und blickte abwechselnd von ihrem Pfannkuchen zu der Bedienung. Ich verkniff mir einen Kommentar. Sicher, das wäre eigentlich die Steilvorlage für ein nettes Kompliment gewesen, aber nach der Nummer mit dem Kuss vorhin hätte das jetzt nur aufgesetzt gewirkt, fand ich.

Während wir aßen, weckte plötzlich ein Mann mittleren Alters unsere Aufmerksamkeit, der mit einem Kind an der Hand auf der anderen Straßenseite stand und wartete, dass die Ampel Grün wurde. Offensichtlich handelte es sich um einen Vater, der seinen kleinen Sohn von der Schule abholte. Während die beiden dort standen und warteten, näherte sich hinter ihnen eine junge, schwarzhaarige Frau, hielt an der Bürgersteigkante kurz an, blickte nach links und rechts – und setzte ihren Weg über die Straße fort. Der Mann geriet außer sich.

„Ganz toll machst du das", blaffte er ihr nach. „Vor dem Kleinen bei Rot über die Straße!"

„Entschuldigung", kam als schulterzuckende Antwort von der Frau. „Ich muss zur Arbeit und bin spät dran."

Damit hätte die Angelegenheit erledigt sein können. Doch der Vater konnte und wollte sich nicht beruhigen. Er fluchte, schrie beinahe.

„Scheiß Vorbild. Denkt nur an sich selbst. Scheiße. Was soll denn das? Gleich ein paar reinhauen müsste man der!" Sein Sohn an der Hand bekam große Augen.

„Na, *das* ist doch mal ein Vorbild", grinste Matthias. „Ich wette, der Kurze droht seinen Mitschülern demnächst auch mit Kloppe!" Anna und Christina kicherten.

Die Ampel zeigte mittlerweile Grün, und der Mann überquerte ebenfalls die Straße. Die Mädchen konnten sich nach wie vor kaum einkriegen. Christina spuckte sogar einen Schluck Cola zurück in ihr Glas, da sie ihn vor Lachen offensichtlich nicht herunterbekam. Das hatte Matthias also mit der Albernheit gemeint, dachte ich, als der Mann von mir vollkommen unbemerkt an unseren Tisch trat.

„Das findet ihr wohl auch noch witzig, was?“ fuhr er Christina an.

„Hören Sie mal ...“, sagte Matthias. Doch der Mann unterbrach ihn.

„Ihr denkt wohl, ihr kommt aus der großen Stadt und könnt hier sitzen und euch über die Landbevölkerung lustig machen.“

„Sie machen es uns aber auch leicht“, murmelte ich gerade so laut, dass er es hören konnte. „Sperren Sie zufällig Pferde in Scheunen?“

„Jetzt pass mal auf, Bürschchen“, er blickte mir direkt in die Augen, seinen Sohn schien er vergessen zu haben, „wenn du jetzt auch noch frech wirst, dann können wir uns auch mal ganz ernsthaft unterhalten.“

„Ich bin ganz Ohr“, sagte ich und merkte Ärger in mir hochsteigen. Einerseits fühlte ich mich von diesem Kerl angegriffen, andererseits hatte er gerade Christina angeschnauzt. Das konnten wir uns ja wohl nicht bieten lassen. Ich stand auf.

Der Vater ließ sein Kind los und machte einen Schritt in meine Richtung. Noch war der Tisch zwischen uns. Aber der Mann machte Anstalten, ihn zu umrunden. Da sprang plötzlich Thomas auf.

„Jetzt beruhigen Sie sich mal“, sagte er, drängte sich dem Mann entgegen und legte ihm einen Arm um die Schulter. Dann fuhr er mit beinahe hypnotischer Stimme fort: „Regen Sie sich doch nicht so auf. Die Dame hat sich entschuldigt. Sagen Sie Ihrem Sohn, dass man nicht bei Rot über die Ampel geht. Aber fangen Sie nicht an zu fluchen und zu drohen. Sonst sind *Sie* nämlich ein schlechtes Vorbild. Und jetzt ist Ruhe im Karton."

Augenblicklich war sämtliche Aggression verflogen. Der Mann ließ beinahe ein wenig die Schultern hängen, murmelte etwas Unverständliches, fasste wieder nach der Hand seines Sohnes und ging.

Es war beeindruckend. So etwas hatte ich noch nie erlebt. Sicher, Thomas war durch seine pure Körperlichkeit eine imposante Erscheinung, bei der in den Jahren unserer Freundschaft schon viele Aggressoren kleinbeigegeben hatten. Auch die Fähigkeit, mit seiner ruhigen Ausstrahlung Streitigkeiten zu schlichten, war beinahe legendär. Aber dass er einem aggressiv auftretenden Fremden mit sonorer Stimme dermaßen umfassend den Wind aus den Segeln nehmen konnte, war mir neu. Sicher hätte er auch einen zähnefletschenden Rottweiler mit zwei besonnen Sätzen in einen verspielten Welpen zurückverwandeln können, dachte ich. Matthias klopfte Thomas auf die Schulter.

„Und du", sagte er zu mir, „solltest vielleicht nicht immer so eine große Klappe haben."

Ich stocherte lustlos in meinem Pfannkuchen herum, der Appetit war schlagartig verflogen. Hatte ich mich gerade zum zweiten Mal an diesem Morgen blamiert? Offenbar.

Freitag, 12. Juni, mittags

Einige Zeit später fanden wir uns in einem Supermarkt wieder. Die Mädchen hatten wir beim Freibad abgesetzt.

„Die Kleine hat es dir angetan, was?" meinte Matthias und knuffte mich in die Seite.

„Na ja, sie ist schon nett."

„Und sieht gut aus."

„Und sieht gut aus."

„Ah, da haben wir es ja", unterbrach uns Thomas und deutete auf einen Stapel mit Dosenbierpaletten. Manu, seine Freundin, hatte grundsätzlich eine Abneigung gegen Festivals, und das gefiel ihm auch so. Er hatte überhaupt nichts dagegen gehabt, dass sie von vornherein zu Hause bleiben wollte. Dass mit Anna bereits Matthias' Freundin mit beim Dangerbird war und ich mir nun alle Mühe gab, mich dauerhaft für Christina zum Affen zu machen, schien ihn eher zu stören und seiner Theorie, zwei Mädchen in einer Gruppe mit drei Jungs seien zwei Mädchen zu viel, recht zu geben. Verstärkt wurde die Problematik in seinen Augen durch allzu auffällige Attraktivität. Er vertrat die Meinung, dass man sich mit Mädchen, die zu gut aussahen, nur Ärger einhandelte. Als Folgen nannte er Eifersucht, Neid und Missgunst. Außerdem, so hatte er betont, hätten *Modelmädchen meist Mäusehirnchen*. Ich hatte ihm seinerzeit ausgerechnet mit Anna als Beispiel widersprochen. Aber was war Anna schon gegen Christina?

Ein Supermarktmitarbeiter fuhr eine weitere Europalette mit Dosenbier aus dem Lager heran. Es machte den Anschein, als ob in dem Laden nur Getränke verkauft würden. Eine Mutter mit etwa dreijähriger Tochter im Sitz des Einkaufswagens, die offenbar ihren Wocheneinkauf erledigen wollte und dabei das Festival in unmittelbarer Nachbarschaft vergessen hatte, blickte sich um, als wäre sie bei der Fahrt zur Oma in einen Zug voller Fußballfans auf dem Weg zu einem Auswärtsspiel geraten. Als ein grober Kerl mit abgeschnittenen T-Shirt-Ärmeln laut und ordinär erklärte, er brauche jetzt Bier oder falle gleich um, konnte man Panik in ihren Augen erkennen. Feste Nahrung schien die Festivalbesucher kaum zu interessieren, sie suchten gezielt nach Flüssigem: Wasser, Saft, Wein. Vor allem Bier. Und auch Hochprozentiges, das vor dem Laden wegen des Glasflaschenverbots in leere Cola-Flaschen aus Plastik umgefüllt wurde.

„Davon sollten wir auch was mitnehmen", schlug Matthias vor. „Anna trinkt lieber Cocktails als Bier. Christina glaube ich auch. Und Rum mit Cola ist ja quasi ein Cocktail."

Nachdem wir bezahlt hatten, musste ich feststellen, dass ich mich einer weiteren *Verkehrsordnungswidrigkeit* schuldig gemacht hatte. Das war doppelt ärgerlich, denn mit dem gut sichtbaren Platzieren einer Parkscheibe im Wageninneren hätte sich das ganz einfach verhindern lassen. Gerade weil wir maximal eine Viertelstunde im Supermarkt gewesen waren. Genervt zog ich das Ticket vom Scheibenwischer.

„Demnächst kannst du über die Post erfahren, wo du überall geparkt hast", meinte Thomas. Ich fand das allerdings gar nicht witzig. Vorgestern hatte mich die Vorfreude auf das Festival noch über diese Unannehmlichkeit hinwegsehen lassen. Aber jetzt waren wir hier in Torfbach und mittendrin im Wochenende. Der Tag entwickelte sich irgendwie ganz und gar nicht zu meinem Vorteil.

Kurze Zeit später warteten wir wieder vor dem Schwimmbad. Vom Parkplatz aus konnte man sehen, dass sich offensichtlich auch hier viele Festivalbesucher eingefunden hatten und sich eine Abkühlung im Pool gönnten. Nahezu alle Badenden trugen das rote Bändchen am Handgelenk. Fröhliche Stimmen drangen herüber, der Geruch von Chlor lag in der Luft. Plötzlich bekam ich auch Lust, ein wenig zu planschen oder zumindest auf einer Decke am Wasser zu liegen. Aber ich hatte ja keine Badehose dabei. Stattdessen betrachtete ich meine Fingernägel auf dem Lenkrad, unter denen sich ein dunkler Rand zeigte. Eigentlich war es merkwürdig: Genauso selbstverständlich wie wir das dringende Bedürfnis von Anna und Christina verstanden, sich zu duschen, so selbstverständlich war es, dass wir Jungs auf solcherart Hygiene für die drei Tage des Festivals verzichten würden.

Als die Mädchen aus dem Bad kamen, fesselte Christina sofort wieder meine Aufmerksamkeit. Anna trug wie gestern diese knappen Jeans und ein enges weißes Shirt. Das war durchaus schon sexy. Aber Christina sah noch besser aus: Sie trug jetzt ein olivfarbenes Girlie-Shirt, das unterhalb des Bauchnabels bis zum roten Gürtel, der die schwarze Hose hielt, einen breiten Streifen Haut erkennen ließ. Ich fragte mich, wie ich meine Augen heute auch nur einmal von diesem Streifen wegbekommen sollte. Da die Hose tief auf der Hüfte saß, ließ sich hinter dem Gürtel sogar noch ein Rand schwarzer Unterwäsche erkennen. Christina war ganz einfach umwerfend. Vielleicht ließ sich der Tag ja doch noch retten!

Freitag, 12. Juni, früher Nachmittag

Als wir zurück auf dem Areal waren, war eine deutliche Veränderung spürbar: Es kam nun richtig Leben in die Bude. In kleinen Grüppchen, die sich auf dem Hauptweg durch die Zeltstadt zu einem stetigen Strom zusammenfügten, spazierten die Besucher in Richtung der Bühnen zum eigentlichen Festivalgelände. Dieses Gelände war vom Campingplatz abgetrennt und musste durch eine Schleuse betreten werden, wo man abermals kontrolliert wurde: Zum einen musste man hier das Bändchen am Handgelenk vorzeigen, zum anderen wurde man auch noch einmal auf verbotene Gegenstände abgetastet. Ein Blick in mitgebrachte Taschen sollte zudem gewährleisten, dass die Besucher keinen Alkohol mit auf das Gelände schmuggelten – den sollte man schließlich vor Ort an den Ständen kaufen und so den Umsatz der Organisatoren ankurbeln.

Auch unser kleines Grüppchen machte sich auf den Weg. Die neu gekauften Getränke ließen wir bei unseren Zelten im Schatten zurück. Als wir über den Campingplatz liefen, kamen wir an einer der Servicestationen vorbei, wo sich die Dusch- und Toiletten-Container befanden. Vor beiden standen wie heute Morgen noch immer Menschen in gewundenen Schlangen.

„Zum Glück waren wir in Torfbach“, sagte Anna.

„Wieder mal alles richtig gemacht“, pflichtete Christina ihr bei.

„Meint ihr die Duschen oder die Toiletten?“ fragte ich flapsig. Warum, wusste ich auch nicht recht; wahrscheinlich sollte es lustig klingen.

„Beides, duschen und kacken“, antwortete Christina mit beiläufiger Selbstverständlichkeit und machte mich damit auf einen Schlag sprachlos. Dann drehte sie sich in meine Richtung, zwinkerte und strahlte mich an. Ich war beeindruckt. Meist war Mädchen so etwas doch peinlich, dachte ich. Allerdings befanden wir uns auf einem Festival. Und dort ließ sich so manches über ein Wochenende eben nicht verbergen. Trotzdem hätte ich diese Selbstverständlichkeit von Christina irgendwie nicht erwartet. Ich überlegte: War es mir nun lieber, wenn sich hübsche Mädchen mit solcherlei Details zurückhielten – oder fand ich Christinas entwaffnende Lockerheit sogar sexy? Annas Pinkelpause im Kornfeld neben der Scheune hatte ich noch als vollkommen normal empfunden, das war eben ein Bedürfnis gewesen. Schließlich hatte sie sich ja auch extra ein etwas abgeschiedenes Plätzchen gesucht, selbst wenn sie dann durch Thomas’ Geschrei jäh gestört wurde. Das hatte mich überhaupt nicht weiter interessiert; genauso wenig, wie es mich interessierte, wenn Matthias irgendwo gegen einen Baum pinkelte. Ein Toilettenbesuch im Schwimmbad konnte mir also eigentlich herzlich egal sein. Und trotzdem brachte mich die fröhlich-freche Antwort nun zum Grübeln. Hatte das etwa mit meiner rosa gefärbten Sicht auf Christina zu tun?

Meine Gedanken wurden unterbrochen, als wir uns in die Schlange vor dem Eingang einreihten. Die Durchsuchungs-Prozedur dauerte eben eine Weile, und mehrere hundert Festivalbesucher mussten sich hier durch wenige enge Tore zwängen.

„Das ganze Dangerbird besteht nur aus Warterei“, moserte Thomas. Doch nach wenigen Minuten waren wir drin; zum ersten Mal an diesem Wochenende betraten wir das eigentliche Festivalgelände.

Direkt hinter der Schleuse eröffnete sich eine große asphaltierte Fläche, offenbar das frühere Rollfeld des Flughafens. An dessen Stirnseite und der Schleuse in etwa zweihundert Metern Entfernung nahezu direkt gegenüberliegend, befand sich die Hauptbühne des Festivals: ein gut zwanzig Meter hohes Ungetüm, umrahmt von großen freihängenden Lautsprecherkonstruktionen. An den Seiten waren riesige Transparente mit dem Logo angebracht. Unter dem Dach ließ sich von hier aus eine beeindruckende Fülle an Lichttraversen für eine effektvolle Beleuchtung bei Nacht erkennen. Im Moment blitzte die Beleuchtung allerdings nur hier und da mal auf; das gleißende Tageslicht ließ eine umfassende Licht-Show nicht zu.

Wir schlenderten auf die Bühne zu. Dort spielte gerade eine amerikanische Southern-Rock-Band, die ich eigentlich ganz gut fand, die jedoch beim Rest unserer Gruppe keinen besonderen Anklang fand. Also bogen wir etwa auf halber Strecke zur Bühne nach rechts ab. Dort zog sich ein ebenfalls asphaltierter Weg durch ein Kiefernwäldchen. Der Weg war gesäumt von allerlei Ständen, die zum Teil in den alten Munitionsbunkern des Flugplatzes untergebracht waren. Hier konnte man T-Shirts kaufen, CDs, Schmuck oder auch Sonnenbrillen. Auch einen kleinen Biergarten hatten die Organisatoren eingerichtet.

Nach etwa dreihundert Metern kamen wir auf eine weitere, allerdings deutlich kleinere Asphaltfläche. An ihrer Seite befand sich in einem alten Hangar die kleinere Nebenbühne des Dangerbird. Im Moment drang undefinierbarer Lärm aus dem Inneren des Hangars nach draußen. Wir beschlossen spontan, doch erst mal ein Bierchen im Biergarten zu trinken.

„Da bekommen wir die Getränke wenigstens kalt, nicht so wie zu Hause“, sagte Matthias. Mit *zu Hause* hatte er unsere Zelte gemeint. Es war teilweise schon merkwürdig, aber bei einem mehrtägigen Open-Air-Festival schmolz der gesamte Kosmos auf wenige Hektar zusammen. Der Alltag, das *richtige* Zuhause, von dem aus wir erst gestern Morgen aufgebrochen waren, existierte nur noch im Hintergrund. Jetzt waren Zelte unsere Heimstatt. Ebenso verhielt es sich mit Nachrichten aus Politik, Wirtschaft oder Sport, die einen höchstens noch sporadisch erreichten – und auch nicht weiter interessierten. Warum sollte man sich Gedanken über Kriege in fernen Ländern machen, wenn es hier doch so schön friedlich war? Warum über diplomatische Verwicklungen ärgern, wenn hier doch so gute Stimmung herrschte? Warum über Wirtschaftskrisen sorgen, wenn die wichtigste Wirtschaftskrise doch die Finanzierung der nächsten Runde Bier war? Warum den Klimawandel fürchten, wenn man doch gerade die Wärme genoss?

Diese Wärme wuchs sich allerdings langsam zu richtiger Hitze aus. Matthias hatte sich das T-Shirt ausgezogen und lief nun mit freiem Oberkörper herum. Nun, er konnte es sich leisten, dachte ich. Als wir den Biergarten erreicht hatten und uns mit kühlem Bier an einem Tisch niedergelassen hatten, betrachteten wir die vorbeigehenden anderen Festivalbesucher.

„Leute gucken macht Spaß“, rülpste Thomas. Es gab Jüngere und Ältere, Jungs und Mädchen, Männer und Frauen. Die meisten waren allerdings zwischen zwanzig und fünfunddreißig. Was die Kleidung anging, dominierten bei den männlichen Besuchern kurze Hosen, T-Shirts und Sneaker – ganz so, wie Thomas, Matthias und ich herumliefen. Die weiblichen Besucher waren kreativer; sowohl die dünnen als auch die dicken, die kleinen als auch die großen, die attraktiven als auch die von der Natur eher benachteiligten. Da sah man kurze und lange Hosen, Jeans und leichten Stoff, Röcke, Sneaker und Stiefel, T-Shirts, Girlie-Shirts und Tops. Einige mutige trugen auch einfach Bikini-Oberteile, was ihnen maximale Aufmerksamkeit sicherte. Man konnte Bauchnabelpiercings entdecken und verschiedenste Tattoos: Von den mittlerweile längst aus der Mode gekommenen, ornamentalen Tribals bis hin zu Sternen, Blumen oder sonstigen Motiven. Einige sahen klasse aus, andere weniger.

„Guck mal die da, die hat sich doch mit dem Kajal vermalt“, meinte Christina, als eine junge Frau vorbeilief, die sich kunstvolle Kringel an die Schläfen gezaubert hatte. Wir lachten uns halbtot.

„Wir müssen los“, sagte Matthias plötzlich. Er hatte den Faltplan mit dem Programm hervorgekramt und machte uns darauf aufmerksam, dass in zehn Minuten die schwedischen Backyard Babies im Hangar spielen würde, die wir alle sehen wollten.

Freitag, 12. Juni, kurz nach zwei

Im Hangar stand trotz riesiger geöffneter Tore die Luft. Obwohl es hier schattig war, war es noch heißer als draußen. Als wir die Halle betraten, zählte der Frontmann gerade mit *One*, *Two*, *Three*, *Four* den ersten Song an. Dann drosch er in die Saiten seiner Les-Paul. Wir waren also keine Sekunde zu früh. Als die ersten Takte das Publikum wie eine unerwartete Breitseite trafen, explodierte die Stimmung augenblicklich. Direkt vor der Bühne gab es ein Getümmel, das an die stilisierten Schlägereien zwischen Galliern und Römern in alten Comic-Heften erinnerte. Auch weiter hinten standen die Leute dichtgedrängt, die Arme über den Köpfen oder eine Faust zum Metalgruß erhoben. Überall wurde lauthals gegrölt.

Langsam schoben wir uns durch die Reihen weiter nach vorne, Matthias ging vorweg. Dann blieb er stehen, drehte sich um, deutete auf den Boden und blickte uns fragend an: Er fand, dass das ein passendes Plätzchen war und wollte wissen, ob wir das auch so sahen. Aufgrund der Lautstärke konnte er uns schließlich nicht einfach fragen. Alle nickten wortlos. Hier war ausreichend Stimmung im Publikum, um die Musik gebührend zu feiern – aber es war nicht allzu eng, so dass es kein Gedränge und Geschiebe gab. Auch die Mädchen waren zufrieden. Gerade begann der zweite Song, und Christina schüttelte wild ihre Haare. Matthias hob beide Arme und sang den Refrain aus voller Kehle mit. Anna klatschte und begann im Takt zu hüpfen, was sofort einige Umstehende animierte, es ihr gleich zu tun. Sogar der eher zurückhaltende Thomas war kurz davor auszuflippen.

Im Laufe der nächsten Dreiviertelstunde vergaßen wir nicht nur die Welt außerhalb des Festivals, sondern auch das Festival außerhalb des Hangars. Der Auftritt ließ tatsächlich keine Wünsche offen. Schade, dass die Band aufgrund des engen Zeitplans nur fünfzig Minuten spielen durfte; eine längere Spielzeit oder gar eine Zugabe war nicht vorgesehen. Und so endete der Gig mit den Songs *Nomadic* und *Look at You* und einer kurzen Verabschiedung. Ein richtiges Finale, wie es bei Einzelkonzerten eigentlich Gang und Gäbe war, gab's hier nur bei den Headlinern. Trotzdem waren wir rundum zufrieden.

„Geiler Auftritt", sagte Matthias, als wir wieder ins Freie gingen.

„Und gleich geht es auf der Hauptbühne schon weiter", sagte Anna, immer noch ganz außer Atem. Es stimmte: Auf der zentralen Bühne am Vorfeld spielten gleich die Hives, ebenfalls aus Schweden, die sich von den Backyard Babies aber deutlich unterschieden. Wir fragten uns ein wenig, warum ausgerechnet aus dem nicht gerade bevölkerungsreichen skandinavischen Land so viele spannende Bands kamen. Jedenfalls wollten wir auch diese Gruppe gerne sehen; allen voran Anna und Matthias. Also machten wir uns auf den Weg an den Ständen vorbei zurück zur Hauptbühne. Dort war es schon gerappelt voll. Wir mussten hier mit einem Platz an der Seite vorliebnehmen, nahezu direkt vor den Lautsprecherboxen. Vorsichtshalber drückte ich mir Ohropax in die Gehörgänge.

Als die Gruppe anfing, feierten Matthias, Anna und Christina in ähnlicher Weise weiter, wie sie es eben schon im Hangar getan hatten. Thomas und ich waren diesmal allerdings nicht ganz so begeistert und beobachteten abwechselnd unsere drei Begleiter und die fünf Musiker auf der Bühne, die alle in dandyhaften Anzügen auftraten. Im Laufe des Gigs kam es allerdings eher zu einer Art Aufgabenteilung: Thomas beobachtete meist die Musiker, ich beobachtete meist Christina. Sie tanzte, sie sang, und sie sah einfach super aus.

Während die drei von dem Auftritt also begeistert waren, konnte die Band meine Erwartungen eher nicht erfüllen. Interessant war allerdings, wie die Organisation auf der Bühne funktionierte: Wie Roadies darauf achteten, dass das Mikrofon immer wieder richtig stand, wenn der Sänger zum Beispiel den Ständer umgeworfen hatte; wie in schneller Übergabe neue Saiten aufgezogen wurden, wenn der Gitarrist sie zerrissen hatte; wie dem Schlagzeuger neue Drumsticks gereicht wurden, wenn er sein Arbeitswerkzeug zerbrochen hatte. Außerdem wurde großer Wert darauf gelegt, dass die Musiker ausreichend Getränke griffbereit hatten, die in langer Reihe auf dem Schlagzeugpodest aufgereiht wurden. Auch waren immer neue Handtücher im Einsatz, um in der Hitze den Schweiß zu trocknen. Gebraucht flogen die Tücher dann von den Musikern in Richtung Publikum, wo sie als begehrte Souvenirs gefangen wurden. In ähnlicher Weise wechselten auch Plektren und Drumsticks die Besitzer. Eines musste man der Band in jedem Fall lassen: Sie wusste ihre Fans zu begeistern.

Nach dem Auftritt beschlossen wir einstimmig, in unser Camp zurückzukehren. Dort konnten wir uns einen Augenblick ausruhen und außerdem zwar warme, aber dafür preiswerte Getränke zu uns nehmen. Neben der Schleuse, die auf das Gelände führte, befand sich ein breiter Ausgang. Da beim Hinausgehen niemand kontrolliert werden musste, ging das Verlassen des Bühnen-Areals wesentlich schneller als das Hineingehen.

An den Zelten angekommen, ließ sich Thomas in einen Campingstuhl fallen, knackte geräuschvoll eine Dose Bier und fummelte eine Zigarette aus der Packung.

„Das war klasse“, sagte er. Matthias und ich hatten schon Luft geholt, um seinen Standardspruch von gestern, *endlich angekommen*, synchron mit ihm auszusprechen.

„Ich mache mir jetzt ein paar Ravioli“, sagte Matthias. „Will sonst noch wer?“ Das Frühstück war schon wieder eine halbe Ewigkeit her, also war das tatsächlich keine schlechte Idee. Wir schoben die Decke unter dem Pavillon ein wenig zur Seite und bauten dort einen kleinen gasbetriebenen Campingkocher auf. Dann schütteten wir zwei Dosen Ravioli in einen Topf, den Anna aus ihrer WG mitgebracht hatte, tranken Bier und beobachteten, wie die Tomatensoße langsam Blasen warf – was nicht besonders appetitlich aussah. Dabei verkrochen wir uns in den Schatten. Die Zeit, die wir ungeschützt vor der Sonne auf dem Rollfeld verbracht hatten, hatte uns schon ganz schön angekokelt. Noch ein wenig länger, und das hätte sich zu einem richtigen Sonnenbrand entwickeln können. Zum Glück hatte Anna Sonnencreme dabei. Ich hatte so etwas natürlich mal wieder vergessen. Morgen würde ich sie um ein wenig davon bitten.

„Mann, ist das heiß“, stöhnte Thomas und nahm einen tiefen Schluck aus der Dose, was natürlich auch nicht besonders erfrischend war.

„Stimmt, ich krempel mir erst mal die Hose hoch“, sagte Anna und begann, ihre Jeans zu den Knien hochzurollen. Als sie sich vorbeugte, gab der Hosenbund am Rücken einen wie zufällig zu erhaschenden Blick frei: Sie trug einen weißen Slip mit rosafarbenem Bündchen. Das passte vollkommen ins Bild: Anna trug weiß, Christina schwarz. Himmel und Hölle, warm und heiß. Hatte ich eigentlich für nichts anderes mehr Augen?

Hatte ich keine anderen Gedanken mehr? Offenbar nicht. Auf der anderen Seite: Warum sollte ich mir da eigentlich keine Gedanken machen? Matthias hatte Anna, Thomas hatte Manu, warum sollten Christina und ich denn eigentlich nicht ...

„So, fertig“, wurde ich von Matthias in die Wirklichkeit zurückgerissen. Er rührte in der Ravioli-Matsche herum, hob mit dem Löffel zwei der Teigtaschen aus dem Topf und betrachtete sie eingehend.

„Teller her!“

Ich holte die mitgebrachten Plastikteller aus unserem Zelt. Jetzt hatten wir ein kleines Problem: Ich hatte ja nur mit vier Mitfahrern gerechnet. Nun war aber Christina mit von der Partie. Egal, dachte ich, dann würde ich eben aus dem Topf essen.

„Da habe ich natürlich mal wieder überhaupt nicht dran gedacht“, sagte sie, als ich die Teller neben den Kocher stellte. „Ich habe nicht mal einen Löffel dabei.“

„Du kannst meinen mitbenutzen“, schlug Anna vor. „Man muss bei einem Festival eben manchmal die üblichen Gewohnheiten an Komfort und Anstand zurückstellen!“

Aufgeteilt auf vier Teller und einen Topf blieb pro Person nicht allzu viel Ravioli-Matsche übrig. Für einen kleinen Snack reichte es aber allemal.

„Wohlan, ich könnte einen Drink vertragen“, erklärte Matthias pathetisch nach dem Essen und grinste. Wir hatten jetzt wieder eine ausreichende Menge Bier – und Rum mit Cola. Davon schenkten Matthias, Anna und Christina sich jetzt ein; Thomas und ich blieben vorerst beim Bier. Wir stießen an.

Ich saß nun auf der Decke, hatte Christina den Platz auf dem Stuhl angeboten, den sie dankend angenommen hatte. Wir unterhielten uns über allerhand Quatsch, lachten und schmiedeten Pläne, welche Bands wir uns heute noch ansehen wollten. Dann ergab sich plötzlich eine seltsame Gesprächspause. Für einige Sekunden, vielleicht sogar eine Minute oder mehr, sagte niemand ein Wort. Alle schienen ihren eigenen Gedanken nachzuhängen. Und da geschah es: Christinas und meine Augen trafen sich. Für einen Augenblick sahen wir uns an, bevor wir wieder in andere Richtungen blickten oder die Lider niederschlugen. Und dieser Augenblick dauerte einen kurzen Moment *zu* lange, als dass hier gegenseitige Gleichgültigkeit herrschen könnte. Während ich meinen Blick wieder über den Campingplatz schweifen ließ, platzte ich innerlich vor Freude: Ich war zumindest im Rennen!

Sollte ich noch einen Blick riskieren? Ich war bei so etwas irgendwie immer ein wenig unbeholfen. Gedankenverloren nahm ich einen Schluck aus der Dose. Dann passierte plötzlich alles gleichzeitig: Auf meiner Unterlippe spürte ich ein seltsam hakendes Krabbeln, dann einen stechenden Schmerz; ich ließ die Dose fallen und blies Luft über die Lippe, trotzdem ließ sich das, was dort saß, nicht entfernen – erst als ich mit der Hand über den Mund fuhr. Erschreckt war ich aufgesprungen. All das hatte weniger als zwei Sekunden gedauert.

„Scheiße, ne Wespe", stammelte ich. Die anderen guckten fragend, während ich eine Hand auf den Mund drückte. „Ich bin gerade gestochen worden."

„Um Gottes willen. Bist du allergisch?" fragte Christina.

„Nicht, dass ich wüsste", nuschelte ich.

„Wenn sie nun in den Hals ...", wollte Anna sagen, wurde aber von Christina unterbrochen.

„Brauchst du Hilfe?"

„Hmm?!"

„Tut's weh?"

„Geht so."

„Alles klar?" erkundigte sich Matthias.

„Geht so."

„Probleme?"

„Geht so."

„Geht's also?"

„Weiß nicht."

Ich lief vor dem Pavillon auf und ab und befühlte meine Unterlippe. Tatsächlich tat es höllisch weh. Die Lippe schwoll unterdessen an und war seltsam taub. Außerdem fühlte sie sich an, als wäre sie hinter dem Einstich mit zähem Gel gefüllt, ganz so, als könnte man das Gift der Wespe richtiggehend in ihr ertasten. Mir wurde flau. Ich setzte mich wieder auf die Decke.

„The tamer of insects is crouched on his knees“, zitierte Thomas lakonisch *Death of a Clown* von Dave Davies, offenbar als Anspielung auf die Episode von heute Früh. Es stimmte. Heute Morgen war ich noch der Retter der Insekten gewesen, jetzt schienen sie sich gegen mich verschworen zu haben. Anna hatte natürlich recht: Im Grunde hatte ich Glück im Unglück gehabt; eine unbemerkte Wespe, versteckt in einer Getränkedose, hätte weit gefährlichere Folgen haben können als einen Stich in die Lippe. Trotzdem haderte ich mit meinem Schicksal. Das war heute einfach nicht mein Tag. Immer, wenn er sich doch mal ein wenig positiver zeigte, wurde das sofort wieder zunichte gemacht. Sicher, bislang war ich da in der Regel nicht ganz unbeteiligt gewesen. Aber zumindest die Insekten hätten mich doch mal in Ruhe lassen können!

„Wir müssen zu den Sanis“, sagte Christina, was ich nun wiederum spannend fand. Mir war durchaus nicht entgangen, dass sie sich ganz besonders und mehr als die anderen um mein Wohlbefinden sorgte.

„Ich hab noch ganz wacklige Knie“, erklärte ich, worauf sie die erhoffte Antwort gab: „Ich komme mit.“

Ach so, dachte ich, so lief das also: *das* war der Dank der Insekten. Heute Morgen hatte ich den Käfer gerettet, jetzt kam aus dem Tierreich der Gruß zurück. Die Wege des Herrn der Fliegen waren eben unergründlich. Der Wespenstich als Starthilfe, über den Schmerz zum Ziel, *no pain no gain*.

Freitag, 12. Juni, etwa fünf Uhr

Auf dem Weg zum Sanitätszelt hakte sich Christina bei mir ein und versuchte, mich zu stützen. Das wäre zwar überhaupt nicht nötig gewesen; schließlich hatte mich die Wespe ja nicht in den Fuß gestochen, und ich konnte hervorragend laufen. Außerdem stützte sie mich gar nicht. Wahrscheinlich wäre das auch gar nicht gegangen, denn dazu war ich wohl ein wenig zu schwer. Nein, Christina führte mich eher, als dass sie wirkliche Hilfestellung leistete. Trotzdem genoss ich ihre Fürsorge. Und ich genoss auch den einen oder anderen Blick, den Christina auf sich zog, während sie mir half. Jetzt konnten mal die anderen Jungs neidisch sein!

Das Sanitätszelt befand sich zwischen Campingplatz und Festivalgelände. Wir mussten also eine Weile laufen. Dabei fiel mir auf, dass die Sonne die ehemalige Wiese beinahe ausgetrocknet hatte. Das vormals satte Grün hatte sich in eine Ansammlung brauner Halme verwandelt. Unzählige Füße hatten ihr Übriges getan, Rasen gab es nicht mehr. Wenn eine Windböe über den Platz fegte, schob sie eine Wand aus feinem Staub vor sich her, der sich in Kleidern, Haaren und auf der Haut absetzte. Aber zum Glück gab es überhaupt ein paar Windböen, die die heiße Luft dann und wann ein wenig durcheinanderwirbelten.

Im Sanitätszelt hatten die Helfer mehrere Liegen aufgestellt. Dort lagen Festivalbesucher, denen verschiedenste Missgeschicke widerfahren waren: Mädchen mit Kreislaufproblemen, jemand mit einer Verbrennung, offenbar von einem Grill, und auch Leute, die es in der Hitze offenbar mit dem Alkohol übertrieben hatten. Mit anderen Worten: Hier ruhten sich diejenigen aus, denen es nicht so schlecht ging, als dass sie ins Krankenhaus müssten, aber zu schlecht, um weiterzufeiern. Auch hier drinnen stand die Luft. Mit Ventilatoren wurde versucht, ein wenig Kühlung zu schaffen. Christina dirigierte mich zu einer unbesetzten Liege und hieß mich zu setzen. Dann holte sie einen Sanitäter heran.

„Wespenstich?“ fragte er, während er sich die Hände rieb und auf mich zukam.

„Ja. In die Lippe.“

„Da hast du aber Schwein gehabt.“

„Wie man's nimmt.“

„Und jetzt?“

„Sie sind der Experte.“

„Du bist nicht der Erste heute“, sagte er grummelnd und drehte sich um. „Ich hab da was.“

Ich blickte ihm nach. Er war gerade mal ein paar Jahre älter als ich. Konnte bestimmt ganz nett sein, hier zwischen all den hübschen Mädchen den gefühlvollen Helfer zu spielen, dachte ich. Andererseits, wenn ich den tief schnarchenden Klops betrachtete, der wenige Meter neben mir bereits nachmittags einen schweren Rausch ausschlafen musste, hatte der Job sicher auch seine Schattenseiten.

Der Sanitäter ging zu einem Tisch in der Ecke. Dort lag auf einem Teller ein Mettbrötchen – und auf einem Schneidbrett daneben eine Zwiebel. Hatte er wirklich vor, was ich jetzt vermutete? Ja, er hatte. Mit einer lässigen Bewegung säbelte er wie beiläufig eine Scheibe von der Zwiebel, kam zurück und reichte sie mir.

„Hier, zum Draufdrücken.“

Dass eine Zwiebel bei Wespenstichen helfen sollte, hatte ich ja durchaus schon mal gehört. Und Alternativen hatte ich ja ohnehin keine. Also nahm ich die Scheibe und hielt sie gegen meine Unterlippe. Christina unterdrückte mühsam ein Kichern.

Vielleicht war es ein Placeboeffekt, vielleicht half die Zwiebel tatsächlich. Aber nach wenigen Minuten tat der Stich kaum noch weh. Lediglich die Schwellung war noch deutlich zu spüren. Gerade wollte ich schon aufstehen und das Zelt verlassen, als ein junges Mädchen mit einem langen, braunen Pferdeschwanz hereinkam. Sie trug kurze weiße Shorts und ein knappes blaues Shirt. Das sah eigentlich gar nicht schlecht aus – auch wenn sie in diesem Aufzug irgendwie besser auf einen Tennisplatz denn auf ein Rock-Festival passte. Was mich allerdings wesentlich mehr interessierte, war, dass sie ganz offensichtlich einen Wespenstich am linken Unterarm hatte.

„Hätten Sie nicht vielleicht ein wenig Salbe oder so?“ fragte sie ohne Umschweife den Sanitäter. Ich musste lächeln. Mal sehen, wie sie reagierte, wenn er ihr mit der Zwiebel ankäme, dachte ich hämisch. Doch dazu kam es nicht. Denn der eben noch mürrische Sanitäter wurde von einer Sekunde zur nächsten zum freundlichen, hilfsbereiten Samariter.

„Natürlich“, sagte er, griff in einen Koffer und zog eine Tube hervor. Daraus drückte er behutsam einen Klecks neben den Stich auf ihren Arm und beschrieb ausführlich, wie sie die Salbe einmassieren müsse. Ich wurde sauer.

„Entschuldigung, könnte ich auch etwas von dieser ...“, ich machte eine Kunstpause, „... Salbe haben?“

„Oh, klar doch“, sagte er lapidar und hielt mir die Tube mit der Öffnung nach vorne hin, ohne sie mir jedoch zu geben oder weiter auf mich zuzukommen. Erst, als ich ihm meinen Zeigefinger entgegenstreckte, drückte er mir einen winzigen Tropfen Salbe auf die Fingerkuppe.

„Das darf doch wohl nicht wahr sein!“ schnaubte ich, als wir das Sanitätszelt verließen. „Das glaubt mir doch zu Hause kein Mensch!“ Ich war wirklich sauer.

„Pssst!“ flüsterte Christina. „Sind wir hier nicht in Schwaben? Da gehen die Uhren nun mal anders. Da ist man eben noch ein wenig sparsamer. Man muss sich auch mal auf andere Kulturen einlassen!“

Ich musste lachen. Mit zwei, drei Sätzen hatte sie meinen Groll ins Jenseits befördert. Stattdessen überlegte ich nun fieberhaft, ob wir tatsächlich gerade in Schwaben waren.

Als wir zurück an unserem Zeltplatz waren, war ich wieder ausnehmend gutgelaunt. Jetzt erst mal eine Rum-Cola, dachte ich. Dosen waren mir im Moment zu gefährlich. Wir tranken alle drei oder vier dieser eigentlich furchtbar schmeckenden Schnaps-Mix-Brause. Das Resultat war ein angenehmer Rausch.

„Die Drinks sind waffentauglich", knurrte Thomas zufrieden.

Euphorisiert erzählten wir uns witzige Geschichten und lachten über jede Menge schlechter Scherze. Nach einer Weile wurde Christina jedoch unruhig. Es gab da noch die New Yorker Gruppe The Slackers, die in einer halben Stunde auf der Hauptbühne spielen sollte. Thomas winkte ab, als sie fragte, ob sonst noch jemand die Band sehen wolle. Auch Anna und Matthias zeigten sich nicht besonders interessiert. Und ich hatte eigentlich ebenfalls keine Lust. Andererseits wollte ich mir die Möglichkeit, allein mit Christina zu sein, nicht entgehen lassen.

„Du hast mich ins Sani-Zelt begleitet, also begleite ich dich auch zur Bühne", sagte ich. Mist, klang das zu aufgesetzt? Klang es eventuell sogar zu widerwillig? So nach dem Motto *wie du mir, so ich dir*, so als ob ich sie nur begleitete, weil sie mich begleitet hatte – und nicht, weil ich sie *gerne* begleitete? Egal, dachte ich, Hauptsache ich war gleich erst mal ungestört mit ihr zusammen.

An der Schleuse war diesmal nicht ganz so viel Betrieb, so dass wir recht zügig vor die Bühne kamen. Kurz darauf begann auch schon die Band mit sehr ruhigen, souligen Ska-Offbeats, mit Orgel, Gitarre, Saxofon und Posaune. Ich fragte mich, warum die Veranstalter eine solche Band nicht früher spielen ließen. Gegen Mittag hätte das hervorragend gepasst, aber jetzt kam mir das Intermezzo zwischen all dem rotzigen Rock'n'Roll doch ein wenig wie eine überlange Entspannungspause vor. Auf der anderen Seite musste ich zugeben, dass mir die Musik überraschend gut gefiel.

Christina tanzte: Sie schloss die Augen, streckte die Arme nach vorne aus und wiegte ihre Hüfte im Takt. Dann schwang sie die Arme wieder zurück und legte den Kopf in den Nacken, ließ ihn von rechts nach links und zurück rollen. Ich versuchte, mich ebenfalls zur Musik zu bewegen, musste aber einsehen, dass es keinen Zweck hatte: Die Faust auszustrecken und lauthals Heavy-Metal-Hymnen mitzugrölen war offenbar das Äußerste, zu dem ich im weiten Feld des physischen Musikgenusses fähig war; tanzen konnte ich einfach nicht, dazu war ich schlicht und ergreifend zu ungelenk. Das machte aber nichts. Christina ging nämlich voll in der Musik auf, schien beinahe entrückt und die Welt um sich herum zu vergessen. Daher stellte ich mich schräg hinter sie, ließ sie den Auftritt genießen und lauschte andächtig und ein wenig berauscht vom Rum den Reggae-Rhytmen. Ich wollte ihr den Spaß nicht mit blöden Kommentaren oder nervigen Zwischenfragen verderben. Und im Gegensatz zu vorhin achtete ich auch wieder mehr auf die Bühne als auf Christina. Eigentlich war das seltsam, denn so attraktiv wie jetzt zur Musik tanzend hatte sie sich den ganzen Tag noch nicht präsentiert. Aber seit dem Besuch bei den Sanitätern war ich in dieser Beziehung seltsam ruhig geworden. Irgendwie war mein voyeuristisches Verlangen vorerst gestillt. Vielleicht glaubte ich auch zu wissen, dass sich zwischen uns über kurz oder lang noch wesentlich vertraulichere Gelegenheiten ergeben würden ...

Freitag, 12. Juni, gegen sieben

„Jetzt hätte ich gerne ein Eis!" sagte Christina nach dem Auftritt. Wenige Meter entfernt stand ein mobiler Eisverkäufer, der aus einer tragbaren Truhe heraus Stiel-Eis anbot. Ich hatte keine Lust auf Süßes, ließ sie aber geduldig aussuchen. Dann schlenderten wir zurück zum Ausgang und zu unseren Zelten.

„War schön mal etwas anderes zu hören als nur Gitarrengeschredder“, sagte sie.

„Stimmt, ja. Aber ich freue mich trotzdem auf nachher“, sagte ich mit Blick auf die wieder wesentlich krachlastigeren Headliner des Abends.

„Mochtest du sie nicht?“

„Doch schon.“

„Was dann? Keine Lust auf Reggae?“

„Irgendwie passte das nicht so.“

„Aha.“

Eigentlich hatte mir der Auftritt ja ausnehmend gut gefallen. Aber ich hatte das Gefühl, das jetzt nicht richtig zugeben zu können, weil mir die Geschmeidigkeit fehlte, tanzend dabei gut auszusehen – gerade im Vergleich zu ihr. Verdammt. Ich war richtiggehend froh, als wir wieder zu unseren Zelten kamen.

Dort war in unserer Abwesenheit eifrig weiter Bier und Rum getrunken worden. Matthias kommentierte unsere Rückankunft mit einem beherzten Rülpser, woraufhin Thomas in wildes Gelächter ausbrach. Anna schien leicht genervt.

„Du musst erst mal was trinken“, sagte Matthias in meine Richtung und goss Rum-Cola in einen Plastikbecher, den er mir hinhielt. Warum nicht, dachte ich, und nahm einen Schluck. Ich musste mich schütteln. Mir schmeckte die Plörre ganz einfach nicht, zumal die Cola gemäß der Außentemperatur bestimmt fünfundzwanzig Grad warm war. Trotzdem ließ ich mir von Thomas noch einmal nachschenken. Schließlich hatten die beiden einen enormen Vorsprung, den ich nun meinte aufholen zu müssen.

Auch Anna und Christina tranken das Gesöff; allerdings in weit geringeren Maßen als wir. Schließlich stieg ich wieder auf Bier um. Die Furcht, es könnte sich eine weitere Wespe in eine Dose verirren, war vergessen. Das interessierte mich schlicht nicht mehr. Der Alkohol tat seine Wirkung. Jetzt hätte ich bestimmt auch zu Reggae tanzen können, dachte ich.

Dann begannen Thomas, Matthias und ich über die abgelaufene und die nächste Bundesligasaison zu fachsimpeln: über die Trefferquoten von neu eingekauften Stürmern, über die beinharte Spielweise bestimmter Verteidiger, über die unglaubliche Schnelligkeit begeisternder Mittelfeldakteure, über die Möglichkeiten bestimmter Vereine, sich für die internationalen Wettbewerbe zu qualifizieren, über die Begeisterungsfähigkeit verschiedener Fan-Gruppen und über die vermeintliche Konzeptlosigkeit erfolgloser Trainer. Die Diskussion lief ungefähr nach dem Muster *zwei Sätze, zwei Schluck Bier* ab. Wir redeten, stritten und lachten. Die einstimmigen Ergebnisse nach hitziger Debatte waren die naheliegenden Feststellungen, dass den aktuellen Aufsteigern eine ernstzunehmende Chance für den direkten Wiederabstieg einzuräumen war und dass die Vereinsfarben gelb und blau sich wirklich nicht kombinieren ließen.

Anna und Christina unterhielten sich unterdessen ebenfalls. Über was, das wusste ich nicht. Und das störte mich nun plötzlich. Ich hatte mich so in unser Fußballgespräch vertieft, dass es mir vollkommen egal gewesen war, dass das nun mal ein Thema war, für das sich die beiden Mädchen nicht sonderlich interessierten. Ich wusste zwar, dass auch Anna gelegentlich die Spiele der Nationalmannschaft im Fernsehen verfolgte, dass sie aber mit den Wirren der Bundesliga nicht viel anfangen konnte. Bei Christina verhielt sich das offenbar ähnlich. Für uns war die Saison eine Art Seifenoper: An jedem Wochenende hieß es eine neue Folge zu sehen und über den Werdegang, die Chancen und das Unglück der Protagonisten zu rätseln. Nur, dass es hier eben nicht um schicksalhafte Liebesbeziehungen ging, sondern um Tore in letzter Minute, Verletzungen nach groben Fouls und falsche Abseitsentscheidungen, die ganze Spiele drehten. Trotzdem konnte ich nachvollziehen, dass solche Gespräche unendlich zermürbend für diejenigen sein mussten, die sich dafür nicht interessierten. Anna hatte im Gegenzug mal versucht, mich in die Handlungsstränge ihrer Lieblingsserie einzuweihen;

ein vollkommen erfolgloses Unterfangen. Ich hatte mich unglaublich gelangweilt. Und nun hatten wir uns zu einer langwierigen Fußballdiskussion hinreißen lassen, hatten uns nicht mehr um die Mädchen gekümmert – und das, obwohl wir hier doch eigentlich zusammen etwas unternehmen wollten.

„Wann wollen wir eigentlich wieder los?" unterbrach ich das allgemeine Geschnatter. Matthias und Thomas blickten mich verwundert an. Offenbar realisierten sie erst in diesem Moment wieder, dass wir nicht im Stadion sondern beim Dangerbird waren.

„In einer halben Stunde sollten wir zur Hauptbühne", sagte Matthias nachdenklich mit einem Blick auf seine Armbanduhr. „Ab dann können wir übrigens gleich auf dem Gelände bleiben."

„Prima, dann können wir noch ganz gemütlich ein Bierchen trinken und dann los", meinte Thomas. Auch Anna und Christina wollten los. Schließlich spielten gleich die Bands, die als Höhepunkte des ersten Tages länger auf die Bühne durften als nur fünfzig oder sechzig Minuten; jetzt kam eine Reihe beinahe vollständiger Konzerte. Wenn es noch ein wenig dunkler würde, könnte man zudem die volle Lightshow bewundern.

„Also gut", sagte Matthias und öffnete eine Dose Bier, „los!" Dann stand er auf, wandte sich zum gehen und schob leise summend nach: „There's something wild about you child, it's so contagious, let's be outrageous, *let's misbehave*!" Der Schlager aus den Zwanzigern passte wie die Faust aufs Auge!

Freitag, 12. Juni, gegen acht

Angesäuselt machten wir uns erneut auf den Weg. An der Schleuse war diesmal wieder wesentlich mehr Betrieb, so dass wir uns in eine längere Schlange einreihen mussten. Das machte insofern nicht allzu viel aus, als dass wir so ausreichend Zeit hatten, die letzten Biere zu leeren und die Dosen dann in die

Abfallbehälter am Eingang zu entsorgen. Auf dem ehemaligen Rollfeld herrschte reger Betrieb. Kein Wunder, schließlich würden gleich Green Day spielen, einer der Headliner. Wie schon vorhin suchten wir uns ein Plätzchen mit guter Sicht und ausreichend Armfreiheit.

Während eines Intros wurde Kunstnebel auf die Bühne geblasen, durch dessen Schwaden die drei Musiker beinahe ungesehen nach vorne treten konnten. Dann begannen sie ohne Umschweife mit ihrem Set. Der schwarzhaarige Bandleader Billie Joe spielte erst ein paar eher langsame und ruhige Töne, die sich jedoch noch während des ersten Songs *21st Century Breakdown* in schnelle Stakkato-Riffs steigerten. In diesem Stil ging es weiter: Mit dem Sound ihrer Anfangstage hatte das, was die Gruppe hier spielte, kaum noch etwas zu tun. Die einzelnen Songs waren derlei vollgestopft mit Details, Ideen, Breaks und Tempowechseln, dass ich froh war, ein wenig weiter hinten zu stehen. Denn nur wenn man sich aus dem obligatorischen Gewühl vor der Bühne ein wenig heraushielt, konnte einem die sagenhafte Vielfalt dieser rohen und trotzdem so zarten, melodiösen Musik auffallen, nur so konnte man sich tragen lassen, nur so den bitter-zynischen Texten des Sängers lauschen. Selbst vor Balladen scheute sich die Band nicht mehr. Dazwischen wurde die Bühne von lauten Feuerwerkskörpern erhellt. Es war beeindruckend und begeisternd. Als letzten Song spielte Billie Joe die Ballade *Good Riddance* allein auf der Bühne und auf einer Akustik-Gitarre. Neben mir kamen einer gestandenen Mittzwanzigerin die Tränen.

„Ich brauche was zu trinken", sagte ich im Anschluss an den Auftritt. Nach fast zwei Stunden Musik hatte ich Lust auf ein kühles Bier. Außerdem war hier jetzt ohnehin erst mal Umbaupause. Und Pearl Jam, die Gruppe, die auf der Hauptbühne als Nächstes spielen sollte, interessierte Thomas, Matthias und mich nun wirklich nicht. Anna und Christina wollten sie allerdings unbedingt sehen. Also trennten wir uns. Die beiden nutzten das allgemeine Kommen und Gehen auf dem Rollfeld, um sich noch ein wenig weiter in Richtung Bühne vorzuarbeiten. Wir machten uns auf den Weg zum Hangar. Dort spielte mit Social Distortion nämlich eine unserer absoluten Lieblingsgruppen.

Mit den Mädchen hatten wir vereinbart, uns nach den jeweiligen Auftritten im Biergarten wieder zu treffen. Falls das aus irgendwelchen Gründen doch nicht klappen sollte, würden wir eben telefonieren müssen. Auf dem Weg zur Nebenbühne kauften wir die anvisierte Runde Bier.

„Ich werde ja schon langsam wieder nüchtern", jammerte Thomas. Wir waren zwar nur wenig vom längsten Tag des Jahres entfernt – trotzdem begann es jetzt langsam zu dämmern. Und dabei war es noch immer unglaublich heiß. Ich fragte mich, wie es wohl im Hangar sein würde, wo ja schon heute Mittag die Luft kaum erträglich gewesen war. Die Bierbecher noch in der Hand betraten wir die Halle. Wie erwartet schlug uns eine veritable Hitzewelle entgegen. Aber das war uns jetzt egal. Euphorisiert wollten wir jetzt den Auftritt sehen. Etwas seitlich der Bühne warteten wir etwa fünfzehn Minuten, bis es losging. Und dann begann der Gig mit einem Knall, dreckigen Gitarrenriffs und Ohrwurm-Melodien.

Sänger Mike Ness sah aus wie ein gerade aus einer zwielichtigen Kneipe gestolperter Hafenarbeiter: kräftig, mit düsterem Blick und gezeichnet von unzähligen Tattoos. Umso erstaunlicher war, mit welcher Selbstverständlichkeit er von Enttäuschungen, Verletzungen und Niederlagen sang. Doch trotz der düsteren Themen machte der Auftritt Spaß wie kaum ein anderer an diesem Tag. Zeitweise lagen wir uns in den Armen und sangen aus Leibeskräften die traurigen Texte mit. Die Gitarrenwände sorgten für wohlige Vibrationen in der Magengegend.

Begeistert verließen wir nach dem Auftritt den Hangar. Das einzige, was nicht so schön war, war die recht kurze Spieldauer von nur einer Stunde. Abermals zeigte sich hier das ewige Dilemma von Bands und Festivalorganisation: Gerade Gruppen, die von den Veranstaltern nicht als absolute Headliner angesehen wurden, bekamen ihre Bühnenzeiten häufig recht stiefmütterlich zugewiesen. Entweder sie durften auf die große Hauptbühne; was natürlich Prestige einbrachte, was jedoch meist auch auf wenig publikumsstarke Mittagsstunden gelegt wurde. Die andere Variante war, sie zwar am stärker beachteten Abend spielen zu lassen, dafür aber eben auf der kleineren Nebenbühne. Und um den Besuchern hier möglichst viel zeigen zu können, hatten sich die Veranstalter darauf verlegt, diese Bands auch abends im Hangar nur eine Stunde spielen zu lassen, anstatt ihnen eine volle Konzertlänge einzuräumen, wie es den großen Bands auf der Hauptbühne zugestanden wurde.

So hatten wir noch fast eine Stunde Zeit, bis wir uns wieder mit Anna und Christina treffen würden. Kurzentschlossen legten wir wieder einen Stopp beim Biergarten ein.

Freitag, 12. Juni, gegen Mitternacht

Matthias holte die erste Runde. Dann ich eine weitere. Und schließlich Thomas eine dritte. Dabei unterhielten wir uns begeistert über den gerade gesehenen Auftritt.

Kurz darauf herrschte eine Stimmung wie früher beim Schuleschwänzen: Die Euphorie stachelte uns an, einen blöden Spruch nach dem nächsten zu machen, unglaublichen Blödsinn zu verzapfen und uns dabei kringelig zu lachen. Genau in diese Stimmung stießen Anna und Christina zu uns, die von der Hauptbühne zurückkamen. Dunkelheit hatte sich jetzt über das Gelände gelegt, und lediglich ein paar aufgestellte Flutlichtmasten sorgten für diffuses Licht. Daher hatten wir die beiden auf dem Weg gar nicht kommen sehen. Erst als sie an unseren Tisch traten, wurden wir auf sie aufmerksam.

„Ich glaube, ihr habt was verpasst“, sagte Anna.

„Glaube ich nicht“, entgegnete Thomas.

„Also war bei euch auch alles gut?“ fragte Christina.

„Fantastisch“, antwortete ich.

„Der Eddie Vedder hatte so eine unglaublich geile Ausstrahlung“, erklärte Christina, was mich nicht sonderlich begeisterte.

„Und der Bassist war so wahnsinnig cool“, ergänzte Anna.

„Dann haben wir wohl jeweils das Richtige für uns gesehen, oder?“ meinte Matthias. „Wir haben nämlich auch richtig gefeiert.“

„Das sehe ich“, sagte Anna und blickte in die Runde. „Ihr seid ja vollkommen besoffen.“ Das stimmte und ließ sich leider nicht verheimlichen. Matthias hatte eben schon gehörig gelallt. Thomas legte seine Stirn in Falten und blickte seltsam an den Mädchen vorbei. Fast schien es, als träume er.

„Ich glaube, ich muss mal pinkeln“, sagte Christina und schaute sich suchend nach einem Container um.

„Das waren ein wenig zu viele Details für das schöne Geschlecht“, sagte ich. Das sollte wohl ein unbeholfenes Kompliment sein und ein wenig an die Unterhaltung von vorhin anknüpfen. Doch wie auch immer es angekommen sein mochte – Thomas sprengte die Situation: „Auch aus einem schönen Geschlecht kommt manchmal Urin.“

Matthias quittierte den Spruch, der nahtlos in unseren Trash-Talk der letzten halben Stunde anknüpfte, indem er sich glucksend am Bier verschluckte. Auch ich musste laut lachen. Und das war mir peinlich. Es war nun einmal so, dass Thomas in den unerwartetsten Situationen Kommentare fallen lassen konnte, die in Verbindung mit seiner unbekümmerten Gelassenheit eine Komik entwickelten, der schwer zu widerstehen war. Der Alkohol tat sein Übriges. Trotzdem hätte ich mich gerne besser unter Kontrolle gehabt. Hier war ein Mädchen, das mir nicht aus dem Kopf ging, das mir selbigen verdrehte – und dann machte mein besoffener Kumpel in ihrer Gegenwart einen schäbigen Witz über ihre Intimsphäre. Und ich hatte nichts Besseres zu tun, als mich wie ein Schuljunge über den kindischen Scherz zu amüsieren.

Anna verdrehte die Augen.

„Du musst es ja wissen", sagte sie zu Thomas. Dann zog sie Christina zur Seite, und die beiden machten sich gemeinsam auf den Weg. Matthias und Thomas kicherten immer noch, schienen sich aber langsam wieder einzukriegen.

„Hoffentlich kommen sie überhaupt zurück", sagte ich.

„Da mach dir mal keine Gedanken", antwortete Matthias. „Anna ist da nicht empfindlich."

„Und Christina?"

„Das wirst du schon selbst rausfinden müssen!" Matthias zuckte mit den Schultern.

Die Sorge war jedenfalls unbegründet: Wenige Minuten später kehrten Anna und Christina zurück. Nun verabschiedeten sich Matthias und Thomas mit dem gleichen Anliegen. Anna ging für sich und Christina Cocktails besorgen. Dabei handelte es sich zwar hauptsächlich um in Plastikbecher gekippten Rum mit ein wenig Limettensaft, viel Eis und braunem Zucker – trotzdem galt die Suppe als angesagte Alternative zum Bier. Plötzlich war ich also mit Christina für eine Weile ganz allein. Sie saß mir an dem schmalen Biertisch genau gegenüber. Mein Puls beschleunigte sich. Ich hatte das Gefühl, mir hätte jemand eine Pistole auf die Brust gesetzt. Jetzt oder nie.

„Der Spruch von Thomas war blöd. Entschuldige."

„Warum entschuldigst *du* dich? Du hast den Spruch doch nicht gemacht."

„Ich habe gelacht."

„Und?" Sie blickte mich gleichgültig an. Das Gespräch entwickelte sich überhaupt nicht so, wie ich es mir erhofft hätte.

„Ich wollte ...", mir fiel nichts Passendes ein, „ich meine ...", ich kam ins Schwitzen, „ich wollte mich bedanken, dass du mich zu den Sanis gebracht hast."

„Keine Ursache. Danke, dass du *mich* zu den Slackers begleitet hast."

Ich dachte nach. Es war irgendwie bemerkenswert: Nachdem ich mich heute Morgen auf dem Zeltplatz und in Torfbach umfassend lächerlich gemacht hatte – und zwar so sehr, dass ich den Tag bereits verflucht hatte – entwickelte sich das am Nachmittag widerfahrene Unglück nach und nach zum Positiven. Erst der Wespenstich und dann die bezaubernde Fürsorge von Christina, dann mein völliges Unvermögen, den Genuss der Reggaeband nach außen zu dokumentieren. Das sah jetzt für Christina offenbar so aus, als wäre ich tatsächlich nur äußerst widerwillig dabei gewesen. Dachte sie, ich hätte es getan, damit sie nicht allein vor der Bühne rumstand? Dachte sie eventuell sogar, ich hätte es getan, um in ihrer Nähe zu sein? Nun gut, im Grunde stimmte das ja sogar.

„Es hat mir gefallen", sagte ich.

„Das klang vorhin aber noch ganz anders."

„Die Musik hat nicht so gepasst."

„Hä?"

„Ich finde, Reggae hätte besser zum Mittag gepasst."

„Und was hat dir gefallen?"

„Ich hatte eine wundervolle Begleitung." Um Himmels willen, klang das kitschig!

„Aha."

„Wirklich. Ohne Scheiß." Wie bescheuert!

Es entwickelte sich eine kurze Pause. Sie sah mir für einen Moment in die Augen, dann senkte sie den Blick.

„Hm. Sag mal, was macht eigentlich deine Lippe?" fragte sie Was sollte das denn? Wich sie mir aus? Ich war gerade dabei, alles auf eine Karte zu setzen, ihr – wenn auch plump – ein für allemal deutlich zu machen, dass ich sie so sehr mochte, wie man eine Person nach anderthalb zusammen verbrachten Tagen nur mögen konnte. Dass ich dabei war, mich Hals über Kopf in sie zu verlieben. Dass ich das wahrscheinlich längst getan hatte.

Und sie fragte nur nach meiner Lippe? Gleich würden die anderen drei zurückkehren. Die Zeit lief. Ich musste handeln. Außerdem hatte der Alkohol mich mutig gemacht.

„Ich zeig es dir", sagte ich. „Fühl mal." Mit diesem Worten beugte ich mich vor und drückte ihr einen Kuss auf den Mund. Für einen winzigen Moment schien sie die Berührung unserer Lippen zu erwidern, dann wich sie zurück. Ich blickte sie fragend an.

„Das geht mir ein wenig zu schnell", stammelte sie.

Ich war enttäuscht.

War es das? War es hier zu Ende, bevor angefangen hatte? Nein, dachte ich. Denn *zu schnell* bedeutete doch schließlich auch, dass sie weiteres Näherkommen nicht grundsätzlich ausschloss, es eventuell sogar herbeisehnte. Nur eben nicht so *schnell*. Sie erbat sich lediglich ein wenig Zeit. Gut, die würde ich ihr einräumen. *Time is on my side*, dachte ich.

Samstag, 13. Juni, Cocktailzeit!

In diesem Moment kamen die anderen zurück. Sie hatten sich offenbar am Cocktail-Stand getroffen, denn auch die beiden Jungs trugen Becher. Einer davon war ganz offensichtlich für mich.

„Prost", sagte Thomas und stellte einen Plastikbecher vor mich auf den Tisch. Damit bildete der Cocktail so etwas wie eine kleine Barriere zwischen Christina und mir. Nun gut, das war es fürs Erste, aber meine Chance würde noch kommen, da war ich mir ganz sicher.

Trotz der fortschreitenden Alkoholisierung fiel mir auf, dass die Luft nicht mehr nur warm war, sondern dass es jetzt zunehmend schwüler und trotz der nächtlichen Stunde schweißtreibender wurde. Es wurde regelrecht gewittrig.

„Leute, ich glaube, es gibt heute Nacht noch einen Schauer", sagte ich.

„Macht nichts“, entgegnete Matthias. „Wenn es mal ein wenig regnet, setzt sich der ganze Staub endlich mal.“ Damit hatte er zweifellos recht. Es war eigentlich höchste Zeit, dass die Luft sich mal reinigte. Und vielleicht wären nach einem kräftigen Gewitter auch die Temperaturen erträglicher.

„Ich hole noch mal eine Runde“, sagte Thomas und machte sich auf den Weg zum Cocktail-Stand.

„Moment“, rief Christina ihm nach, „ich will keinen mehr!“

„Ich auch nicht“, erklärte Anna.

„Ich schon!“ sagte Matthias.

„Ich auch!“

Während wir den zweiten Cocktail schlürften, wurde beratschlagt, wie die nächsten Stunden zu gestalten waren. Matthias schlug vor, ins Diskozelt zu gehen. Thomas wollte noch eine Band im Hangar sehen. Christina war noch unschlüssig. Anna erklärte, sie sei eigentlich recht müde und wollte für heute die Segel streichen. Schließlich sei morgen auch noch ein Tag.

„Echt?“ fragte Matthias entgeistert. „Es ist doch noch früh.“ Er lallte. Ich persönlich wusste auch noch nicht so recht. Livemusik oder Diskozelt? In meinem Kopf schien eine schlecht geschmierte Maschine langsam sperrige Gedanken abzusondern. Was war denn auf einmal los? Dann fiel es mir auf: Je länger ich überlegte, desto mehr wurde mir bewusst, wie deutlich der Cocktail seine Wirkung entfaltete. Der Cocktail – und das Bier im Biergarten, das Bier am Zelt, der Rum ... *verdammt*, ich war sternhagelvoll. Beinahe fielen mir die Augen zu. Mist, dabei hatte ich heute doch noch so viel vor. Langsam wurde meine Umgebung grau.

„Na, wie sehen deine Lider von innen aus?“ lachte Thomas und haute mir seine Pranke auf den Rücken. Ich wachte auf. Ich wachte auf? Ja, tatsächlich, ich war kurz eingenickt.

„Ich glaube, ich mache auch Schluss für heute“, erklärte ich. Gleichzeitig grübelte ich: Wenn ich mich jetzt ins Zelt verkrümelte, würde ich alle Aktivitäten in Richtung Christina bis auf weiteres verschieben müssen. Auf der anderen Seite war ich in meinem jetzigen Zustand ohnehin nicht gerade der Charme in Person. Das hatte man ja vorhin beim peinlichen Gelächter über Thomas' billigen Scherz gemerkt. Da wäre es also wohl wirklich besser, mal ein wenig zu schlafen.

Und wenn sich nun jemand anderes plötzlich in ihre Gunst drängeln sollte, möglicherweise im Diskozelt, während ich selig den Schlaf der Gerechten oder der Ungerechten schlief? Ach was, dachte ich, sie mochte mich. Im Moment stand ich in der möglichen Reihe ganz vorn. Ich würde zum Zelt gehen und ein wenig schlafen. Vielleicht würde ich ja noch einmal aufwachen, wenn die anderen zurückkämen – und vielleicht wäre ich dann sogar wieder ein wenig frischer. Und vielleicht könnten wir uns dann in der lauen Nacht ja noch ein wenig näherkommen.

„Ich muss wirklich los", sagte Anna. Sie stand auf und gähnte. Das war ansteckend, ich gähnte ebenfalls.

„Ich komme mit." Damit war es beschlossen. Anna und ich würden uns auf den Weg in Richtung Campingplatz machen. Matthias, Thomas und Christina debattierten noch eine Weile, dann entschlossen sie sich zu einem Kompromiss: Sie würden noch mal im Hangar vorbeischauen und sehen, wie ihnen die dort auftretende Band gefiel. Wenn nicht, würden sie eben zum Diskozelt pilgern. Und wenn es ihnen dort nicht gefiele, würden sie eben noch einmal im Hangar vorstellig werden. Dieses Programm war für mich eindeutig zu viel. Ich ganz einfach vollkommen im Eimer.

Samstag, 13. Juni, mitten in der Nacht

Wir verabschiedeten uns mit *bis später* – das passte schließlich immer, wann auch immer dieses *später* sein mochte – dann trennten wir uns. Während ich aufstand und mich langsam umdrehte, betrachtete ich Christina, ganz so, als könnte ich den

Blick überhaupt nicht von ihr lösen. Und auch sie sah mich an. Irgendwie war das der beruhigendste Blick des ganzen Abends.

Anna und ich liefen den Weg hinunter in Richtung Hauptbühne und Ausgang, die anderen drei in Richtung Hangar. Auf dem Stück an den nun geschlossenen Ständen vorbei merkte ich, dass ich leicht schwankte. Trotzdem klappte das Laufen noch verhältnismäßig gut: kein Torkeln, kein Stolpern, kein Wanken. Wir liefen über das Rollfeld. Auf der Hauptbühne war im Moment gerade Umbaupause – es konnte allerdings auch sein, dass für heute Schluss war, so genau kannte ich den Ablaufplan nicht.

„Du magst Chrissi, oder?“ fragte Anna plötzlich. Ich verschluckte mich und musste husten. So etwas mit Matthias oder Thomas zu besprechen war die eine Sache; dieselbe Angelegenheit nun aber mit Anna, Christinas bester Freundin, zu erörtern, war irgendwie seltsam unangenehm.

„Klar, sie ist toll“, sagte ich trotzdem.

„Ich meine, du hast dich schon ein wenig in sie verguckt, oder?“

„Na ja ...“

„Also du magst sie.“

„Mag sie mich denn auch?“

„Soweit ich das beurteilen kann: ja.“

„Und was heißt das?“

„Das heißt, dass du wohl ganz gute Chancen bei ihr hast.“

„Wieso?“

„Ich habe gesehen, wie sie dich ansieht. Und lass dir gesagt sein: Ich kenne sie besser als jeder andere Mensch auf diesem Planeten. Ich habe selten vorher gesehen, dass sie jemanden so ansieht, wie sie dich heute ein paarmal angesehen hat, vielleicht sogar noch nie. Und sie ist da sehr, sehr wählerisch.“

„Meinst du, da könnte sich was entwickeln?“

„Vielleicht. Wie gesagt, sie ist da sehr zurückhaltend.“

In diesem Moment zerriss ein Blitz die Luft, unmittelbar gefolgt von lautem Krachen. Wir hatten redend den Ausgang passiert und liefen nun über den von Flutlicht spärlich erhellten Campingplatz. Niemand hatte in der Dunkelheit mitbekommen, wie sehr sich der Himmel zugezogen hatte. Und nun brach eben jenes Gewitter los, das sich den ganzen Abend unheilvoll angekündigt hatte. Der Himmel öffnete buchstäblich von einer Sekunde auf die nächste seine Schleusen: Kein Regen, der langsam kräftiger wurde, sondern ein Schauer, der vollkommen unvermittelt und mit voller Stärke einsetzte. Wir begannen zu rennen. Aber bereits nach wenigen Metern waren wir nass bis auf die Haut. Heftiger Wind um uns herum zerrte an Schnüren und Zeltplanen. Papierfetzen, Absperrbänder, Blätter und kleinere Stöckchen wurden durch die Luft gewirbelt.

Doch so sehr der Regen auch prasselte – es gab keine weiteren Blitze, keinen weiteren Donner. Das Gewitter hatte mit einem einzigen kräftigen Knall begonnen; und jetzt schien es, als ob das Unwetter die Festivalbesucher regelrecht vom Dangerbird-Areal wegwaschen wollte. In wahren Sturzbächen ergoss sich das Wasser aus den tiefhängenden Wolken. Außer Atem erreichten wir unsere Zelte. Erleichtert stellten wir fest, dass zumindest noch alles stand, der Wind hatte den Zelten also bislang nichts anhaben können. Die Wolldecke unter dem Pavillon war allerdings schon zur Hälfte nass.

Ich ging auf die Knie und öffnete mein Zelt. An der Naht auf der rechten Seite schien es hineinzutropfen. Es hatte sich eine kleine Pfütze gebildet. Was der Wind nicht geschafft hatte, hatte also der Regen erledigt: Die Behausung war bis auf weiteres unbewohnbar. Sich inmitten des Starkregens um dieses Problem zu kümmern, hatte jedoch keinen Sinn. Ich schob die Schlafsäcke weg von der Pfütze und zog den Reißverschluss wieder zu.

„Komm, wir kriechen erst mal bei uns unter“, rief Anna durch den prasselnden Schauer. „Wenn es weniger wird, kannst du rübergehen und den Boden trockenwischen.“ Das war zweifellos richtig. Also schlüpfte ich bei Anna und Matthias ins Zelt. Dort kauerten wir uns hinter den Eingang.

Trotz der Aufregung war ich jetzt total kaputt. Wir überlegten, uns noch ein Bier zu teilen, bis der Regen nachließ und ich in mein eigenes Zelt wechseln konnte. Wir plauderten eine Weile. Allerdings nickte ich dabei ein- oder zweimal ein.

Später wurde mir unendlich kalt, was bei den nassen Klamotten kein Wunder war. Ich blickte mich um. Offenbar war ich schlaftrunken in mein Zelt hinübergekrochen. Die Nacht hatte sich in eine seltsam zähe Masse verwandelt. Diese verfluchten Cocktails. Ich zog mich mühsam aus und gab Thomas neben mir einen Stupser, den er mit einem Ton beantwortete, den ich noch nie von ihm gehört hatte. Offensichtlich waren aber auch die anderen wohlbehalten zum Zeltplatz zurückgekehrt. Ich seufzte und rubbelte mir mit dem T-Shirt durch die noch immer nassen Haare. Dann drehte ich mich auf die Seite und schlief tief und fest ein.

Samstag, 13. Juni, Vormittag

Als ich einige Stunden später aufwachte, regnete es noch immer. Die Tropfen fielen klackend und regelmäßig auf die Zeltplane. Es schüttete zwar nicht mehr ganz so wie in der Nacht, aber dem Gewitter schien ein ausdauerndes Regengebiet gefolgt zu sein. Im Zelt war es saunagleich schwül; ich schwitzte, obwohl ich nicht einmal im Schlafsack lag.

Ich ließ die Augen geschlossen und versuchte, mich ein wenig zu orientieren. Mein Kopf lag hart auf meiner linken Hand. Meine rechte Hand lag weich auf etwas Rundem. Ich prüfte mit leichtem Druck den Widerstand, verlagerte die Hand ein wenig und erspürte eine sanfte Furche. Meine Hand lag zweifellos auf einem Hintern. *Thomas*, dachte ich entsetzt und wollte die Hand zurückziehen. Doch dann fiel mir auf, dass dieses Hinterteil für das von Thomas ganz eindeutig viel zu klein war. Ich spürte einen Anflug von Freude in mir aufsteigen. *Christina.* Hatte es doch noch geklappt? Aber wie war es dazu gekommen? Was hatte sich abgespielt? Und wie? Offenbar hatten sich einige Lücken in meiner Erinnerung aufgetan. Ein leichtes Ziehen im Kopf, das einen unvermeidlichen Kater ankündigte, bestätigte die naheliegende Vermutung. Was hatte sich zwischen den beiden Zelten im Regen noch abgespielt?

Langsam öffnete ich die Augen, folgte mit dem Blick meinem Arm – und entdeckte einen weißen Slip mit rosafarbenem Bündchen, der sich dort angenehm über straffe Rundungen spannte. Meine Hand lag nicht auf Christinas Po, sondern auf Annas. *Scheiße*, dachte ich.

Ich musste mir jetzt schnell über die Situation klarwerden, ganz egal, wie es überhaupt dazu gekommen war.

Gott sei Dank hatte ich zumindest meine Boxershorts an, wenn auch nichts anderes. Das Tragen von Unterwäsche wertete ich mal als beruhigendes Zeichen. Anna lag neben mir ebenfalls *auf* dem Schlafsack statt darin, was bei der Schwüle nur verständlich war. Jetzt fiel mir auf, dass die Planen des Außenzeltes rot waren. Wir befanden uns also in Annas Zelt und ich mich dementsprechend an Matthias' Platz. Aber wo war der? Die Angelegenheit war äußerst seltsam und gab durchaus Anlass zur Sorge. Langsam zog ich meine Hand weg.

Die Bewegung wurde von Anna mit einem missbilligenden Geräusch quittiert. Sie regte sich und drehte sich auf den Rücken. Ich hielt den Atem an und wagte nicht, mich zu bewegen. Mein Blick ruhte noch immer dort, wo sich eben noch meine Hand befunden hatte. Aber durch ihre Drehung schaute ich nun nicht mehr auf ihren Hintern – sondern direkt auf ihren mit wenig Stoff verdeckten VIP-Bereich. Der obere Saum des Höschens bildete knapp über der Scham eine waagerechte Linie; und was darunter lag, ließ sich mehr als deutlich erahnen. Christina war urplötzlich vergessen.

Langsam wanderte mein Blick nach oben, verfolgte den sanften Schwung ihrer Hüfte, stoppte an ihrem Bauchnabel, entdeckte, dass sie ein einfaches, weißes T-Shirt trug, das zwar ziemlich weit hochgerutscht war, aber private Stellen gerade noch bedeckte. Auf ihren Armen zeigte sich trotz der Schwüle wieder der Anflug von Gänsehaut, der mir schon vorgestern bei der Scheune aufgefallen war. Schließlich erreichte mein Blick ihren Hals, wanderte über ihre Kehle, das Kinn, die Lippen, die Nase – und traf sich dann mit ihren stahlblauen und weit geöffneten Augen. Sie war ebenfalls wach.

In mir stieg Panik auf. Doch sie sah mich nur an – mit einer sonderbaren Mischung aus Verwirrung, Verständnis und Neugierde. Ich wurde wieder ruhiger, atmete flach. Langsam und beinahe mechanisch tastete sich meine Rechte wieder vor, setzte wie von selbst an ihrer Hüfte an und beschrieb langsam eine Linie nach oben, strich mit dem Daumen über den Nabel und schob das Shirt noch ein wenig weiter hoch. Sie sah mir interessiert zu und kicherte ein wenig, als würde ich sie kitzeln. Ich löste meinen Blick von ihrem und senkte meine Augen. Unter dem T-Shirt trug sie: nichts.

Ihre Brüste waren zierlich wie sie selbst, süß und sexy. Trotz der diffusen Lichtverhältnisse im Zelt ließ sich ein deutlicher Farbkontrast erkennen: Im Vergleich zum gebräunten Rest des Oberkörpers, zeichnete sich hier ein Bikini-Oberteil ab, Ergebnis von bedeckten Sonnenbädern, wahrscheinlich auf dem WG-Balkon. Die helle Haut machte mir untrüglich die neue Dimension von Intimität bewusst, in der wir uns befanden: Normalerweise war das, was ich hier vor mir sah, vor meinen Blicken verborgen; ich sollte Anna so eigentlich *nicht* sehen.

Ich blickte wieder nach oben, sah ihr wieder in die Augen. Es war keine Ablehnung zu erkennen, keine Zurückweisung, nur ein gutmütiger, verschlafener, beinahe sehnsuchtsvoller Blick. Ich verlagerte meine Hand ein wenig, wurde mutiger. Es gefiel ihr. Sie schloss die Augen. Sie ließ mich machen.

Und dann begann das Zelt sich plötzlich um mich herum zu drehen. Es war, als fiele ich in einen Abgrund. Ich sah Anna nicht mehr, sah meine Umgebung nicht mehr. Ich sah gar nichts mehr. Ich musste mich übergeben.

Ruckartig richtete ich mich auf, riss den Reißverschluss des Zelts nach oben und sprang ins Freie. Notdürftig schlüpfte ich in meine Schuhe und rannte zum Zaun. Dort kotzte ich mir die Seele aus dem Leib. Blut schoss in meinen Kopf und schien ihn zum Platzen bringen zu wollen. Schlagartig fühlte ich mich nüchtern. Vom ersten Aufwachen bis jetzt waren gerade mal fünf oder zehn Minuten vergangen. Und doch würden die Ereignisse dazwischen nun für immer eingebrannt bleiben. Was hatte ich da getan?

Als ich zu unserem Platz zurückkehrte, saß Anna vor dem Zelt auf einem der Campingstühle. Die Knie hatte sie ans Kinn hinauf- und das Shirt darüber bis zu den Füßen hinuntergezogen. Sie war mir ohne sich weiter anzuziehen gefolgt. Bei der schlagartigen Flucht war das nachzuvollziehen, sie musste sich tierisch erschreckt haben. Nun sah sie mich mit großen Augen fragend an. Ich war am Zug.

„Können wir das einfach vergessen?“ fragte ich.

„Wieso?“ gab sie zurück. „Passiert dir das öfter?“

„Das meine ich nicht.“

„Habe ich mir schon gedacht. Was meinst du denn?“

„Ich weiß nicht“, stammelte ich. „Ich glaube, ich habe eben gerade irgendwie mehr von dir gesehen als ...“, ich überlegte, „... die meisten deiner Ärzte, oder? Und ich bin ja nun nicht ...“ es fiel mir schwer, das zu sagen, „... Matthias.“

„Christina ist auch nicht Matthias. Und die hat auch schon mehr von mir gesehen als die meisten meiner Ärzte.“

„Das ist was anderes.“

„So?“

„Ja.“

„Gut, wenn du so willst: Chrissi muss nicht kotzen, wenn sie mich nackt sieht.“

Ich musste lächeln. An Schlagfertigkeit stand sie ihrer Freundin in nichts nach. Während ich noch versuchte, meine konfusen Gedanken zu ordnen, analysierte sie ganz kühl die Sachlage.

„Also pass mal auf“, sagte sie, „du bist vielleicht nicht *mein* Freund, aber du bist zumindest *ein* Freund. Was du gesehen hast, hast du gesehen, das ist mir egal. Und ob du das vergessen willst, ist deine Sache.“

Mein Lächeln wurde breiter. Für diese Sätze hätte ich sie nun tatsächlich auf der Stelle heiraten können.

„Aber ansonsten wird definitiv die Klappe gehalten, ist das klar?“ schob sie nach. „Und so etwas passiert nicht noch einmal.“

In mir keimte Erleichterung auf. Wir würden einfach so tun, als wäre das alles nicht geschehen, schweigen und weiterleben wie bisher.

Doch dann ging plötzlich alles ganz schnell: Der Reißverschluss von *meinem* Zelt flog auf, und Matthias stürzte hinaus.

Meine Gedanken rasten trotz des Katers. Die Unterhaltung von mir und Anna gerade eben war so missverständlich gewesen wie sie nur sein konnte. Und das bei Zeltplanen, die so schalldicht waren wie Papierwände. Matthias hatte wahrscheinlich alles mitgehört.

„Es ist nicht so wie du denkst“, stammelte ich und wusste noch bevor das letzte Wort gesagt war, dass, wenn nicht die Unterhaltung bereits ein Fehler gewesen war, so doch auf jeden Fall dieser Satz. Denn etwas Dämlicheres konnte man in solch einer Situation schließlich nicht sagen. Mit zwei schnellen Schritten hatte er mich erreicht. Den Schlag sah ich gar nicht kommen.

Er traf mich hart von der Seite auf die Wange. Anna sprang auf. Ein weiterer Schlag von Matthias. Diesmal riss ich meinen

Arm hoch, und er erwischte meinen Unterarm, der jedoch von der Wucht gegen meine Lippe gedrückt wurde. Dann noch ein Schlag, Matthias schien wie von Sinnen. Jetzt erwischte er mich in der Magengegend. Ich knickte ein. So einen Ausbruch hätte ich ihm im Leben nicht zugetraut. Anna rief jetzt irgendwas und versuchte sich zwischen uns zu drängen. Noch ein Schlag von Matthias, nicht so stark diesmal, aber gerade genau aufs Kinn. Ich taumelte nach hinten, stieß hart gegen Anna, die der Länge nach auf den aufgeweichten Boden fiel. Vor meinen Augen tanzten seltsame Lichtpunkte. Meine Beine gaben nach, ich fiel ebenfalls – und kurzzeitig wurde mir schwarz vor Augen. Zum ersten Mal in meinem Leben ging ich k.o.

Samstag, 13. Juni, später am Vormittag

Als ich langsam zu mir kam, kamen die Bilder des seltsamen Traumes von vorvorletzter Nacht wieder hoch. Allerdings hatte ich nun das Gefühl, als würde ich nicht sanft aufgefangen, sondern ungebremst auf dem Pflaster zerschmettert. Hoch oben über mir sah ich die gelben Pylonen des Stadions, die dann zum weißen Gestänge des Pavillons wurden.

Dann spürte ich dicke Regentropfen auf meine Stirn fallen. Ein erneuter Schauer schien sich direkt über dem Campingplatz zu entladen. Thomas war aus dem Zelt gekommen und stützte nun meinen Kopf. Anna saß neben mir im Gras und weinte. Christina war zu ihr geeilt, streichelte ihr über den Nacken und strich ihr nasse Strähnen aus dem Gesicht. Das T-Shirt von Anna war durchgeweicht und klebte an ihrem Körper, betonte mehr als es verdeckte. Sie sah verletzt und verletzlich und hinreißend aus. Am liebsten hätte ich sie in die Arme geschlossen und getröstet. Ein seltsamer Gedanke, ausgerechnet jetzt. Matthias stand im Trockenen unter dem Pavillon und blickte feindselig abwechselnd zu Anna und zu mir. In diesem Moment wurde mir klar, dass Matthias und ich uns diesmal nicht so ohne weiteres vertragen würden. Nicht einmal mit der ruhigen Vermittlung von Thomas. Ich spürte: Jetzt ging es um alles. Um Zukunft, um Freundschaft, um Beziehung.

Ich richtete mich auf. Mein Kopf dröhnte, das Gesicht tat weh, von der Unterlippe tropfte Blut. Thomas gab mir ein Taschentuch. Langsam schien sich Matthias zu beruhigen. Hart und erschöpft ließ er sich in einen der Campingstühle fallen. Seltsamerweise war ich ihm nicht einmal böse, dass er mich geschlagen hatte. Geschah mir das nicht sogar recht? Dass Anna dabei in Mitleidenschaft gezogen worden war, ärgerte mich allerdings. Zitternd stand sie nun auf und verzog sich mit Christina in ihr Zelt.

„Du solltest dir auch etwas anziehen", hörte ich Thomas sagen. Da erst wurde mir bewusst, dass ich außer meinen nun ebenfalls nassen Boxershorts noch immer nichts anhatte. Mit wackligen Beinen trottete ich rüber zu meinem Zelt, dem richtigen diesmal, und kroch hinein. Ich fischte ein Handtuch aus meiner Tasche und trocknete mich ab. Dann zog ich trockene Klamotten an. Meine Hose und das T-Shirt von gestern mussten sich noch im anderen Zelt befinden. Vorsichtig kroch ich wieder hinaus, setzte mich in den verbliebenen Stuhl und drückte das Taschentuch auf meine Lippe. Matthias musterte mich argwöhnisch.

„Was war denn los?" fragte Thomas und brach damit das ungemütliche Schweigen. Er hatte sich auf Matthias' Stuhllehne gestützt. Ich überlegte. Eine Erklärung war sicherlich angebracht. Allerdings wusste ich ja selbst nicht so genau, was sich in der letzten Nacht eigentlich zugetragen hatte. Und vielleicht sollte Matthias jetzt auch nicht gerade alle Details des Morgens auf die Nase gebunden bekommen. Glücklicherweise kamen nun auch Anna und Christina wieder ins Freie. Anna trug jetzt eine helle Jogginghose, die irgendwie überhaupt nicht aufs Festivalgelände passen wollte, und ein trockenes Shirt. Sie wirkte eher, als hätte sie sich für einen gemütlichen Nachmittag mit einem spannenden Buch auf dem Sofa angezogen. Ich zweifelte nicht daran, dass ihr das jetzt tatsächlich am liebsten gewesen wäre, lieber jedenfalls, als genau in diesem Moment an genau diesem Ort in genau dieser Situation zu sein.

„So, jetzt will ich wissen, was da abgelaufen ist", sagte Matthias kühl.

„Habe mich wohl im Zelt geirrt", begann ich.

„Scheiße."

„Es hat geregnet."

„Na und?"

„Moment mal", unterbrach Anna, die sich neben Christina unter den Pavillon auf die trockengebliebene Hälfte der Decke kauerte. „Ich glaube, ich bin ja wohl diejenige, die weiß, was abgelaufen ist."

„Da bin ich aber mal gespannt", sagte Matthias.

„Eigentlich ist es ganz simpel", begann Anna. „Und wenn ihr nicht immer so viel saufen würdet, wäre alles noch einfacher. Also: Als wir vom Gelände zurückgekommen sind, hat es plötzlich angefangen zu schütten. Das habt ihr ja wohl auch mitbekommen?"

„Nö, da waren wir im Hangar", sagte Matthias. „Aber egal. Weiter."

„Als wir zu den Zelten kamen, war da drin eben Wasser." Sie zeigte auf das Zelt von Thomas und mir. „Und da haben wir uns eben überlegt, dass wir erst mal warten, bis der Regen ein wenig nachlässt. Deshalb sind wir zu uns ins Zelt gegangen." Sie blickte zu Matthias. „Und dann ist dein Kumpel so fest eingeschlafen, dass ich ihn ums Verrecken nicht wieder wach bekommen habe. Er hat zwar ab und zu noch mal die Augen aufgemacht und unverständlichen Kram gebrabbelt, aber das war's. Da habe ich eben gedacht, du könntest mir vielleicht helfen, ihn zu wecken, wenn du zurück bist. Und dann habe ich eben auch geschlafen."

„Ich habe gesehen, wie ihr geschlafen habt ...“, deutete Matthias an. Anna verstand sofort.

„Ich habe mir die nassen Klamotten ausgezogen. Oder sollte ich so etwa pennen? *Er* hat das jedenfalls getan.“ Sie zeigte auf mich. „Er hat die komplett nasse Montur noch angehabt, als er eingeschlafen ist.“

„Aber als ich ins Zelt wollte, nicht mehr“, sagte Matthias.

„Mir war kalt“, stammelte ich. Matthias beachtete mich gar nicht.

„Was hat er denn nun gesehen, was sonst nur Matthias sieht?“ fragte er Anna und bediente sich dabei exakt meiner Worte von vorhin. Sie schluckte, blickte zu mir – und dann wieder zu ihrem Freund, der sie weiter unverwandt musterte.

„Na ja. Als ich mir frische Wäsche angezogen habe ...“, sie stockte, „... da war er noch mal kurz wach ...“, sie machte noch eine Pause, „... und ich hatte gerade kein Oberteil an.“

Scheiße, dachte ich.

„Scheiße“, sagte Matthias.

Thomas runzelte die Stirn. Christina bekam große Augen und schüttelte kaum merklich den Kopf. Es lief überhaupt nicht gut.

„Und das war alles? Das war es, was *nicht noch einmal passiert*?“ brauste Matthias auf. Anna blickte wieder nervös von Matthias zu mir und zurück. Ihre eben noch präsentierte Schlagfertigkeit, ihre Selbstsicherheit, ihre Fröhlichkeit, das alles schien plötzlich wie weggeblasen.

Ich hatte das Gefühl, irgendwie eingreifen zu müssen. Wie wäre es eigentlich mit ein wenig Wahrheit, dachte ich.

„Als ich aufgewacht bin, lag meine Hand auf ihrem ...“

„Ja?“

„Auf ihrer Seite.“

„Wollt ihr mich eigentlich verarschen?“

„Ein bisschen auf ihr.“

Anna blickte mich mit großen Augen an. Diese Information war auch ihr offenbar neu, sie war wohl tatsächlich erst aufgewacht, als ich die Hand wegzog. Und jetzt fragte sie sich offensichtlich, welche Strategie ich verfolgte. War das ein Plan? Wollte ich eine ganz andere Geschichte konstruieren? Stimmlos formulierten ihre Lippen ein *Was?*.

„*Auf ihr?*" fragte Matthias.

„Auf ihrem Arsch."

Matthias sprang auf und stieß den Stuhl um.

„Verdammt noch mal, was soll denn das eigentlich werden?"

„Pass mal auf", versuchte ich zu erklären, „es ist absolut gar nichts passiert, was dich in irgendeiner Weise aufregen müsste." Das klang irgendwie vollkommen daneben. „Letztlich ist es doch so: Es hat sintflutartig geregnet, in meinem Zelt war es nass, also sind wir ins trockene Zelt gegangen. Vollkommen logisch. Und weil unsere Klamotten nass waren, haben wir sie irgendwann ausgezogen. Und sind eingeschlafen. Und leider nicht rechtzeitig wieder wach geworden."

„Jetzt pass *du* mal auf", sagte Matthias, „selbst wenn das wirklich alles sein sollte, dann fehlt da immer noch das Detail, dass du meine Freundin befummelt hast." Das stimmte irgendwie, dachte ich. Und es war ja noch viel schlimmer: Denn die zugegebene Berührung war unbewusst geschehen. Es gab da aber noch die eine oder andere bewusste Berührung. Wäre es besser gewesen, von vornherein mit der kompletten Wahrheit rauszurücken? Oder wäre es besser gewesen, die Realität ein wenig zu dehnen, wie Anna es versucht hatte? Ich wusste es nicht. Aber so, wie wir uns gerade durch die Erklärungen lavierten, ließ es Raum für unendliche Interpretationen und wildeste Spekulationen.

„Ich habe deine Freundin nicht befummelt. Und wo im Schlaf meine Hand landet, dafür kann ich nun mal nichts." Ich dachte, es wäre wohl am besten, einen Teil der Realität einfach auszuklammern. Einige Wahrheiten würden im Moment nur schaden. Wenn sich alle ein wenig beruhigt hätten, könnte man vielleicht noch einmal mit ein wenig Abstand das eine oder andere klären. Vielleicht hätte ich vorher sogar noch die Gelegenheit, unter vier Augen mit Anna zu sprechen.

„Ist mir egal, wie du das nennst", presste Matthias hervor. „Wenn ihr euch zum Deppen machen wollt, bitte. *Ich* lasse mich von euch jedenfalls nicht zum Deppen machen. Ihr wollt die Sache offenbar nicht aufklären. Gut, dafür werdet ihr eure Gründe haben. Und ich werde meine Schlüsse daraus ziehen." Damit schien das Gespräch für ihn beendet. Er drehte sich um und verschwand im Zelt.

„Matthias ...", rief Anna ihm hinterher. Es klang verzweifelt. Aber er beachtete sie nicht. Wenige Sekunden später flog meine gestern getragene Kleidung aus dem Zelt. Das fand ich irgendwie sogar folgerichtig. Doch direkt dahinter landeten auch Annas Reisetasche und ihr Schlafsack im Freien.

„Matthias, was machst du da?" fragte sie ihn durch die Plane.

„Ich sortiere."

„Hör mal, das ist *mein* Zelt." Sie flehte beinahe.

„Mir egal. Du kannst ja drüben schlafen. Oder bei Christina. Ich brauche jetzt meine Ruhe."

Anna wischte sich eine Träne aus dem Augenwinkel. Wie vorhin tat sie mir unendlich leid. Wieder hätte ich sie am liebsten getröstet. Aber das musste jetzt jemand anderes übernehmen. Ich hätte nie geahnt, dass Matthias so hart sein konnte. Und so aggressiv.

Anna schien sich mit der Situation erst mal abzufinden. Sie sammelte ihr Hab und Gut ein und trug es mit Christinas Hilfe ins Zelt ihrer Freundin. Das Adrenalin verschwand langsam aus meinem Blut, die Schmerzen kehrten zurück. Es war noch früh am Morgen – und ich war bereits endlos erschöpft.

„Wie ist es denn eigentlich bei euch weitergegangen?“ fragte ich Thomas, als wieder ein wenig Ruhe eingekehrt war. Anna und Christina waren im Zelt verschwunden und unterhielten sich. Matthias meldete sich nicht mehr. Vielleicht schlief er; wahrscheinlicher war jedoch, dass er per Kopfhörer Musik hörte. Ich wusste, dass er so häufig Frust, Stress und Ärger abbaute.

„Wir sind vom Biergarten in Richtung Hangar weiter“, erzählte Thomas. Auch er war ein wenig auf Distanz zu mir gegangen – schon allein räumlich –, war aber der Einzige, der mir derzeit unter dem Pavillon noch Gesellschaft leistete. Um uns herum hatte es wieder zu regnen begonnen; nicht ganz so stark wie in der Nacht und am Morgen, dafür aber beständig.

„Die Band war aber nicht so gut. Also haben wir uns überlegt, ins Diskozelt zu gehen. Aber irgendwie hatten wir dann auch keinen Bock mehr. Es war ja auch schon recht spät, irgendwann mitten in der Nacht. Also sind wir zum Campingplatz zurück. Das war dann natürlich eine ganz schön beknackte Situation: Du mit Anna gemütlich am Pennen im Zelt, während bei uns Wassereinbruch war.“

Das war mir so noch gar nicht aufgefallen. Aber er hatte natürlich recht. Ich war nach dem Motto *nach mir die Sintflut* – und das konnte man in diesem Fall sogar wörtlich nehmen – bei Anna ins Zelt gekrochen und hatte mich nicht mehr darum gekümmert, was mit meinem Zelt geschah und wie Thomas dort im Nassen schlafen sollte. Sicher, ich hatte geschlafen und konnte mich darum nicht mehr kümmern. Aber ich lag ja auch trocken.

„Wir haben dann noch mal versucht, dich zu wecken“, fuhr Thomas fort. „Aber da waren wir chancenlos. Du musst ein ziemlich reines Gewissen haben, einen so ruhigen und tiefen

Schlaf zu haben – oder zumindest ein reines Gewissen *gehabt* haben."

Er musterte mich schräg. Ich versuchte die Bemerkung zu ignorieren.

„Und dann?" fragte ich.

„Na, dann haben wir eben den Zeltboden trockengewischt. Und dann ist Matthias notgedrungen mit zu mir in dein Zelt gekommen. Er hat da schon ganz schön geschimpft. Wir haben beide nicht allzu viel geschlafen. Er nicht, weil er unruhig war – ich nicht, weil er mich auch unruhig gemacht hat. Eine ganz schön beschissene Nacht."

„Tut mir leid."

„Das muss dir nicht leid tun. Manchmal passiert eben Mist. Was in deinem Zelt passiert ist, ist jedenfalls letztlich kein großes Problem gewesen." Er begann zu flüstern. „Aber sag mir eins: Wird das, was in Annas Zelt passiert ist, zum Problem?"

„Da ist nichts passiert, was zum Problem werden könnte."

„Bist du dir da sicher?"

„Ja."

„Wirklich?" Er betrachtete mich eindringlich.

„Ja."

Tatsächlich war ich davon nicht ganz so überzeugt. Immerhin war wirklich weniger passiert, als unausgesprochen im Raum stand – aber eben auch mehr, als ich zugeben wollte. Dazwischen lag die Wahrheit. Und die Diskrepanz zwischen Vorwerfen und Zugeben verhinderte, dass sich die vorhandene Spannung lösen konnte.

„Na, dann ist ja gut", sagte Thomas und blickte mich noch einmal unergründlich an. Dann drehte er sich um, bemerkte, dass er noch unglaublich müde sei und versuche noch ein wenig Schlaf nachzuholen – und verschwand in unserem Zelt. Ich saß allein unter dem Pavillon. Und hatte Kopfschmerzen.

Samstag, 13. Juni, gegen elf

Nach einer Weile stellte sich ein Gefühl ein, das alle anderen Probleme vorerst in den Hintergrund schob: Ich musste mal, und zwar richtig. Und da derzeit niemand in der Nähe war, bei dem ich mich hätte abmelden können oder müssen, stand ich auf und machte ich mich auf den Weg. Ich überlegte. Die schmalen, freistehenden Dixies kamen nicht in Frage. Die sahen am zweiten Festivaltag schon arg mitgenommen und, nun ja, beschissen aus. Immer mal wieder konnte man Mädchen dabei beobachten, wie sie die Tür zu einer der Plastikkabinen öffneten und wie auf einen unsichtbaren Widerstand stoßend unmittelbar einen Schritt zurück machten: Der Anblick und der Geruch ließen sie angewidert umkehren. Die Jungs hatten es aufgrund von mobilen Urinalen in diesem grundsätzlichen Punkt deutlich einfacher. Aber so etwas suchte ich jetzt nicht, ich brauchte die komplette *Keramikabteilung*, wie Thomas das nannte. Also lief ich quer über den nassen Campingplatz in Richtung der WC-Container.

Wie gestern schon, wie eigentlich immer, stand davor eine Schlange. Auf der Seite der Damen kam die Schlange etwas schneller voran. Klar, sie waren zum Großteil nur auf Kurzbesuch; in der Herrenabteilung wurden hingegen ausschließlich längere Aufenthalte fällig. Es war von einer Wartezeit von mindestens einer Viertelstunde bis zwanzig Minuten auszugehen. Viele Jungs hatten den eigentlich den Mädchen angedichteten Brauch angenommen, jeweils zu zweit oder gar zu dritt zu den Containern zu marschieren. Den meisten schien das unvermeidliche Verrichten der Notdurft unter diesen erschwerten Bedingungen sogar einen perfiden Spaß zu bereiten – nun, man musste aus der vertrackten Situation schließlich auch das Beste machen. Dementsprechend wurde während der Wartezeit in der Schlange der eine oder andere derbe Scherz gemacht und – vor allem – über die Gesichtsausdrücke der aus dem Container wieder Hinauskommenden beratschlagt. Denn daran, so war die einhellige Meinung, konnte man Rückschlüsse auf Komfort, Sauberkeit und Hygienezustand der einzelnen Kabinen ziehen: Wenn jemand mit verkniffenem Ausdruck herauskam, wurde gemutmaßt, dass es ihm der Aufenthalt nicht besonders viel Freude bereitet haben dürfte, schließlich müsste man *danach* doch eher erleichtert dreinblicken. Wenn jemand auf dem Weg zurück zum Campingplatz hingegen breit grinsend die wartende Schlange abschritt wie ein Staatsgast das Wachbataillon der Bundeswehr, stand fest, dass er gerade eben ausnehmend erfolgreich und nun vollends zufrieden war. Mitunter wurden anerkennende Bemerkungen gemacht und teilweise gar Beifall geklatscht.

Nach und nach kam ich weiter nach vorne. Am Eingang zum Container musste erst mal bezahlt werden. Im Unterschied zu den Mobil-Toiletten und -Urinalen war die Benutzung hier kostenpflichtig.

„Mann, die machen Scheiße zu Gold“, sagte jemand hinter mir und erntete allgemeines Gelächter. Böse war das allerdings nicht gemeint. Immerhin waren zumindest hier in der Schlange alle froh, nicht auf die Chemie-Klos gehen zu müssen, sondern stattdessen richtige Toiletten mit Wasserspülung benutzen zu können. Dafür zahlte man gerne.

Mittlerweile konnte ich auch einen Blick ins Innere des Containers werfen. Es gab fünf Kabinen. Immer, wenn eine Kabine frei wurde, rückte aus der Schlange der Wartenden einer nach. Es gab also keine Auswahlmöglichkeit. Ich musste an einen Campingurlaub an der Nordsee denken. Dort hatte man die Möglichkeit gehabt, die Kabinen auf dem Zeltplatz nacheinander anzusehen und sich dann die beste auszusuchen. Hier musste man zwangsläufig mit jener Kabine vorliebnehmen, die gerade frei wurde; schließlich warteten hinter einem ja noch weitere Personen mit mehr oder weniger dringenden Anliegen. Das bedeutete aber auch, dass man seinem Vor- und Nachbenutzer beim

Betreten beziehungsweise Verlassen der Sanitäreinheit ins Gesicht sehen musste. Vielleicht war das ein Grund dafür, dass die meisten die Kabinen tatsächlich so hinterließen, *wie sie sie vorzufinden wünschten.* Denn es war schließlich mehr als peinlich, jemandem, der gut zwanzig Minuten hinter einem gestanden hatte, eine mittelschwere Sauerei zuzumuten.

Als ich an der Reihe war, wurde genau die mittlere der fünf Kabinen frei. Als ich hineinblickte, atmete ich erleichtert auf: Sie war in für diesen Massenbetrieb ausgezeichnetem Zustand – vergleichsweise sauber, und es war ausreichend Toilettenpapier vorhanden. Sicher, kein Vergleich zum gewohnten sanitären Komfort zu Hause, aber durchaus akzeptabel. Ich schloss die Tür hinter mir.

Von Kabine eins zu Kabine fünf unterhielten sich zwei andere Benutzer – offenbar Bekannte oder Freunde – über Gelingen, Fortgang und Konsistenz des Stuhlgangs. Es war schon bemerkenswert, wie etwas, das normalerweise eher im Stillen verrichtet wurde, im Laufe eines Festivalwochenendes weitgehende Popularität erlangte und zu einem allgemeinen Gesprächsthema wurde. Insofern hätte mich eigentlich auch die schulterzuckende Selbstverständlichkeit, mit der Christina das Thema behandelte, nicht weiter beschäftigen müssen. Ich stellte derlei komplizierte soziologische Gedankengänge aber zurück – immerhin wurden aus der Schlange vor dem Container die üblichen Fragen und Aufforderungen laut, doch ein wenig schneller zu machen und was da drinnen denn so lange dauere. Das gehörte zwar zum Spiel, hatte natürlich aber einen nicht ganz unernst gemeinten Hintergrund. Wer sich hier mit der Samstagsausgabe einer überregionalen Tageszeitung in die Kabine verdrückte, konnte leicht zur Persona non grata werden; wobei sich das Problem selbstverständlich in der Regel nicht stellte, da die Räumlichkeiten trotz aller Vorzüge gegenüber den Dixies kaum zu einem Aufenthalt über das absolut notwendige Maß hinaus einluden.

Erleichtert trat ich wieder ins Freie. Leider hatte es in der Zwischenzeit abermals angefangen zu regnen. Ich hoffte zwar, dass sich das Wetter im Laufe des Tages bessern würde, stellte mich aber innerlich darauf ein, dass uns nach zwei sonnig heißen Tagen nun ein regnerisch kühler Tag erwartete.

Samstag, 13. Juni, halb zwölf

Von der Hauptbühne drangen Geräuschfetzen irgendeiner Rockband herüber. Die Gruppe hatte die undankbare Aufgabe, im Regen und am Vormittag den zweiten Festivaltag zu eröffnen. Abgesehen von einigen Fans würden sie das weitgehend unter Ausschluss der Öffentlichkeit tun.

Da ich noch keine Lust verspürte, zu unseren Zelten zurückzukehren, beschloss ich, einen Spaziergang über den Campingplatz zu machen. Ich trug meine leichte Regenjacke, zog die Kapuze über den Kopf. Wenn doch wenigstens das Wetter besser wäre, dachte ich. Die Wege auf dem Platz wurden langsam aber sicher tiefer. Während zwischen den Zelten noch Wiese zu sehen war, hatte sich der Rasen auf den häufig begangenen Flächen in eine schlammige Masse verwandelt. Da die Festivalbesucher nun immer weiter am Rand gingen, um den Pfützen und dem Matsch auszuweichen, verbreiterten sie die Schlammpfade zusehends. Weite Teile des Campingplatzes erinnerten an Moorgebiete.

Einige Besucher hatten sich auf solche Unwägbarkeiten eingestellt und trugen Gummistiefel. Sie stapften stoisch durch den Morast. Andere trugen Sneaker und hüpften nun verzweifelt und mäßig erfolgreich um Pfützen und Matsch herum.

Auf den Zelten und entlang der Spannschnüre konnte man alles zum Trocknen aufgehängt sehen, was in der letzten Nacht nass geworden war: Shirts, Hosen, Decken, Schlafsäcke, Unterwäsche. Es ließ sich darüber rätseln, ob die Klamotten während des Regens an ihrem Träger nass geworden oder ob die

Zelte undicht gewesen waren. Noch gravierender hatte es aber jene erwischt, denen das Unwetter die Behausung richtig beschädigt hatte. Deren Zelte standen jetzt schief in der Gegend herum und erinnerten an kleine, bunte Hexenhäuschen.

In jedem Fall musste das Gewitter doch arg über dem Dangerbird gewütet haben. Im Grunde konnte man wohl froh sein, dass – soweit das zu diesem Zeitpunkt zu überblicken war – bis auf ein paar beschädigte Zelte nichts Schlimmeres passiert war. Immerhin befand man sich hier die gesamte Zeit mehr oder weniger im Freien, war dem Wetter beinahe schutzlos ausgeliefert. Das galt sowohl für Sonnenstrahlen und Hitze wie auch für Gewitter, Regen und Kälte. Unsere Gruppe hatte also im Großen und Ganzen Glück gehabt. Ich überlegte. Konnte ich eigentlich noch in Kategorien wie *unsere Gruppe* denken? Als ich aufgebrochen war, machten wir eigentlich eher einen aufgesplitterten Eindruck. Matthias und ich waren im Moment kein Teil einer Gruppe mehr. Thomas stand irgendwo dazwischen. Vielleicht waren Anna und Christina das, was von unserem fünfköpfigen Trüppchen übrig geblieben war. Wie sah es zwischen Anna und Matthias aus? Wie zwischen Thomas und Matthias und zwischen Thomas und mir? Und wie zwischen Christina und mir? Gestern war alles super gewesen. Und jetzt? Warum hatte sich das alles bloß so entwickeln müssen? Der Kater ließ langsam nach. Trotzdem schmerzte der Kopf noch immer.

Zumindest sah ich ein, dass mein Spaziergang über den Campingplatz nur eine Flucht vor mir selbst war. Es half nichts, ich musste zurück zu den anderen und sehen wie die Situation war, sehen, was sich retten ließ. Ich musste mich stellen.

Samstag, 13. Juni, gegen zwölf Uhr

Aus einiger Entfernung sah ich Christina auf einem der beiden Campingstühle sitzen. Anna stand daneben und sah irgendwie unschlüssig aus. Matthias und Thomas waren nicht auszumachen. Näher kommend erkannte ich, dass Christina sich angezogen hatte: Sie trug eine blaue Jeans und einen dicken, schwarzen Pullover. Anna hingegen trug trotz der kühlen Witterung nach wie vor nur Shirt und diese hellgraue Sweathose. Eigentlich musste sie frieren. War ihr das egal? Zumindest gab mir das mal Gelegenheit, ein unverfängliches Gespräch zu beginnen.

„Hey", sagte ich.

„Hey", antwortete Anna.

„Alles okay?"

„Weiß nicht."

„Ist dir nicht kalt?"

„Nein, eigentlich nicht."

„Eigentlich?"

„Es geht schon."

„Sieht gut aus, die Hose."

„Was?"

„Die Hose. Sie steht dir."

„Danke."

„Neu?"

„Ja."

„Und dann gleich mal eingepackt?"

„Ja."

Ich merkte, dass im Moment kein Smalltalk gefragt war. Anna stand ganz offensichtlich neben sich. Sie wirkte verschlossen und grüblerisch. Und ich fühlte mich schuldig.

„Wie soll es denn nun weitergehen?" fragte ich.

„Keine Ahnung", sagte Anna.

„Wir gehen gleich erst mal ein wenig shoppen. Mal sehen, was es so gibt", antwortete Christina. Es war das erste Mal, dass ich sie heute reden hörte. Gemeint war natürlich keine Kaufhaustour, sondern ein Bummel durch die Händlermeile. Offenbar wollte Christina Anna ein wenig aufbauen und ablenken.

Dabei war ich definitiv nicht gefragt. Oder doch? Vielleicht hätte ich die Möglichkeit, mit den beiden das eine oder andere zu klären.

„Kann ich mitkommen?"

„Ja, mach", sagte Christina. War das einladend? Auffordernd? Befehlend? Wollte sie mit mir auch etwas besprechen? Egal. Hauptsache weg, dachte ich. „Anna, zieh dir mal was Vernünftiges an, dann geht es los. Hopp, hopp!"

Ich fand es fabelhaft, wie Christina sich um ihre Freundin kümmerte, wie sie sich bemühte, aus der unangenehmen Situation das Beste zu machen. Anna machte eine gleichgültige Geste, dann kroch sie in Christinas Zelt. Als sie wieder herauskam, trug sie Jeans und eine Regenjacke. Die Haare hatte sie zu einem Pferdeschwanz zusammengebunden.

Der Weg glich einem Hindernislauf durch Matsch und Pfützen. Hinter der Zugangsschleuse wurde es dann schlagartig angenehmer: Das asphaltierte Vorfeld und der Weg an den Händlern vorbei machte das Laufen einfacher.

Die beiden Mädchen brachten eine ungemeine Geduld auf, an wirklich jedem Stand das Angebot zu sondieren. Ringe, Ketten, Anhänger, Armreifen, Tücher, Decken, T-Shirts, Girlie-Shirts, Sweatshirts, Sonnenbrillen, Gürtel. Kaufen wollten sie jedoch nichts. Ich begann mich zu langweilen und fragte mich, ob es eine richtige Entscheidung gewesen war, überhaupt mitzukommen. Allerdings war es schön zu sehen, wie Anna langsam wieder auftaute. Es schien, als würde sie nach und nach den Schock des Morgens verdauen. Sie begann sich wieder zu unterhalten – zumindest mit Christina –, schimpfte über Angebote und Preise der Händler, und ab und zu lächelte sie sogar ein wenig. Einmal, als Christina ihr ein T-Shirt mit besonders bescheuertem Slipknot-Aufdruck vorführte, musste sie sogar richtig lachen.

Dann verabschiedete sich Christina in Richtung Container. Diesmal gab es keine Kommentare, keine Scherze, keine Sprüche. Allerdings ergab sich damit zum ersten Mal die Gelegenheit, unter vier Augen mit Anna zu sprechen.

„Anna, hör zu“, begann ich zögernd, „es tut mir leid.“

„Mir auch.“

„Was?“

„Matthias hat vollkommen überreagiert.“

Das klang interessant. Offenbar sah sie die Frontlinie eher zwischen sich und Matthias und weniger zwischen mir und ihr – und das, obwohl mir ja doch ein erheblicher Prozentsatz der Schuld an allen Verwicklungen zukam.

„Ich habe Mist gebaut“, sagte ich.

„Stimmt. Matthias aber noch viel mehr.“ Mir fiel ein Stein vom Herzen. Zumindest mit Anna schien sich die gesamte vertrackte Situation über kurz oder lang in Wohlgefallen aufzulösen.

„Hast du Matthias noch mal gesprochen?“ wollte ich wissen.

„Nein, er hat sich erst mal verkrochen. Aber ich denke, das wird schon wieder. Du kennst ihn. Er braucht einfach eine Weile.“

„Ich hoffe, du hast recht“, sagte ich. Aber wenn sie das so sah, dann stimmte das wohl. Wenn sie sich mit Matthias wieder vertrug, dann würde er sich mit mir auch wieder vertragen, da war ich sicher. Das hatten wir bislang schließlich immer getan. Und wenn er sich erst einmal wieder beruhigt hatte, wenn er einsah, dass er vielleicht überreagiert hatte, wie Anna es genannt hatte, dann würden wir mit einem Bier auf unsere Versöhnung anstoßen. Ich nahm ihm die Prügel jedenfalls nicht übel. Wir würden einfach alles vergessen.

„Tut es noch weh?“ fragte Anna und musterte mein Gesicht. Zum ersten Mal fiel mir auf, dass ich ziemlich zerschunden aussehen musste: Da war der Wespenstich von gestern, die harten Treffer von Matthias, eine geschwollene Wange, die aufgeplatzte Lippe.

„Es geht schon“, sagte ich. „Danke.“

„Mach dir keine Gedanken. Es wird schon werden." Sie lächelte kurz, allerdings eher mit den Augen, als dass sie ihre Zähne gezeigt hätte. Trotzdem machte mir die Geste Mut. Dann zwinkerte sie aufmunternd. Ich schöpfte mehr und mehr Hoffnung. Und Anna hatte ihre Selbstsicherheit zurückgewonnen.

Samstag, 13. Juni, kurz vor 14 Uhr

Christina kehrte zurück und erklärte, dass in wenigen Minuten Danko Jones auf der Hauptbühne auftreten würde, den sie gerne sehen wollte. Anna hingegen wollte zurück zum Campingplatz und sich dort nun doch in aller Ruhe mit Matthias unterhalten. Zuversichtlich machte sie sich davon.

Ich blieb bei Christina. Wir gingen schweigend zur Hauptbühne. Dort trat der Kanadier vor ein spärliches Publikum. Diejenigen, die dort waren, schienen sich allerdings ausgelassen auf den Auftritt zu freuen. Sie bejubelten ihn frenetisch, noch bevor der erste Ton gespielt war, was von ihm mit herausgestreckter Zunge und weit aufgerissenen Augen quittiert wurde. Dann spielte er einige Akkorde auf einer schwarzen Explorer-Gitarre, Schlagzeug und Bass setzten ein – und die Fans vor der Bühne sangen lauthals mit. Ich war beeindruckt. Der Kerl hatte in jedem Fall Charisma. Und eine großartig-großmäulige Aura. Zwischen den einzelnen Songs pries er sich selbst als den besten Hard-Rocker aller Zeiten. Zuletzt sang er davon, wie sehr er sich nach der heimischen Plattensammlung sehnte.

Christina sprang auf und ab, grölte und streckte den Metal-Gruß der Bühne entgegen. Da es wieder stärker angefangen hatte zu regnen und sie keine Kapuze trug, waren ihre Haare schnell nass und klebten an ihrem Kopf – es sei denn, sie schleuderte sie zum Wummern des Schlagzeugs durch die Gegend, ganz so, als ob sie gerade unter Wasser getaucht war und nun von unten die Oberfläche durchbrach. Dabei lösten sich viele kleine Tropfen aus ihrem Schopf, trafen Umstehende –

auch mich – und hinterließen auf heller Kleidung kleine, schwarze Punkte, was an ihrer frischen Haarfarbe lag.

Nach dem Auftritt war sie regelrecht außer Atem. Man konnte es gut und gerne als Sport bezeichnen, was sie hier eben gezeigt hatte. Aber sie sah trotz der nassen Haare und der Erschöpfung hinreißend aus. Schweigend machten wir uns auf zum Ausgang in Richtung Campingplatz. Wir hatten kaum drei Sätze gewechselt, seit Anna uns verlassen hatte. Jetzt lief sie schnellen Schrittes weg, ganz so als ob sie vor irgendetwas auf der Flucht war. Ich hatte Mühe ihr zu folgen. Wollte sie ins Trockene ihres Zeltes? Brauchte sie ein Handtuch? Wollte sie sich etwas Frisches anziehen?

„Warte mal“, rief ich ihr nach. Zögerlich blieb sie stehen. Wir befanden uns jetzt mitten auf dem riesigen Rollfeld. Um uns herum hatte sich das Publikum verlaufen; alle hatten sich nach dem Auftritt schnell irgendwo unter die Dächer von Getränkeständen, alten Bunkern oder in Richtung Hangar verkrochen. In einem Umkreis von gut fünfzig Metern waren wir allein. Langsam drehte sie sich um. Dabei blickte sie auf den Boden. Dann hob sie ihren Kopf und sah mir abwartend in die Augen. Mein Herz setzte ein oder zwei Schläge aus.

„Ich wollte dir nur sagen ...“, begann ich. Doch mir fiel nichts Gescheites ein. Langsam streckte ich meinen Arm aus und strich ihr über die rechte Wange. Dann beugte ich mich vor und küsste sie auf die linke.

Doch sie tat gar nichts, stand einfach nur da. Dann wich sie zurück. Schon wieder. Doch diesmal war es anders als in der vergangenen Nacht; diesmal ging es ihr nicht *zu schnell*, diesmal lag etwas Endgültiges in ihrem Ausdruck. Ich ließ die Hand sinken. Sie drehte sich zur Seite.

„So geht das nicht“, sagte sie. Es lag Bedauern in ihrer Stimme. „Du hast mich schon betrogen, bevor ...“

„Ich habe dich doch nicht betrogen.“

„Keine Ahnung, wie du das nennen willst. Aber ich fühle mich betrogen.“ Mist, eigentlich hatte sie recht.

„Es ist doch überhaupt nichts passiert.“

„Du gibst es nicht mal zu.“ Warum auch, dachte ich. Moment ...

„Das heißt ...“

„Anna hat mir alles erzählt.“

„Anna hat was?“

„Anna ist meine beste Freundin. Und ich bin ihre beste Freundin.“

„Aber dann weißt du doch, dass ...“

„Wie gesagt: Ich habe keine Ahnung, wie du es nennen willst. Aber für mich ist das, was zwischen euch passiert ist, nicht *nichts*. Es ist vielleicht nicht *viel*, aber es ist eben auch nicht *nichts*.“

Die letzten Sätze klangen verletzt. Ihre Stimme zitterte ein wenig. Bedauerte sie, was sie da sagte? Was sie sagen musste? Was sie glaubte, sagen zu müssen? War sie gekränkt? War sie verletzt?

„Aber ...“, begann ich noch einmal.

„Entschuldigung. So funktioniert das eben nicht.“

„Hör mal ...“

„Nein“, flüsterte sie.

„Können wir nicht ...“, stammelte ich. Es klang jämmerlich.

„Nein“, hauchte sie noch einmal und blickte mich aus ihren dunklen Rehaugen unergründlich an. Das Wort verließ ihre Lippen so leise, dass man es kaum hörte. Dann drehte sie sich um und ließ mich buchstäblich im Regen stehen. Schnell verschwand sie in der Masse Menschen, die durch den Ausgang drängten. Ich blickte ihr nach, blickte noch eine endlose Weile weiter auf den Punkt, an dem ich sie aus den Augen verloren hatte.

Ich stand mitten auf dem Rollfeld, mitten in der Asphaltwüste, unfähig mich zu bewegen. Der Regen rann mir über das Gesicht, lief über den Nacken den Rücken hinunter. Das T-Shirt war nahezu durchgeweicht. Es war mir egal. *Yes I've hurt your pride and I know what you've been through*, kam mir ausgerechnet jetzt ein Text der Scorpions in den Sinn, *you should give me a chance, this can't be the end.*

Natürlich ahnte ich aber, dass das sehr wohl das Ende war.

Samstag, 13. Juni, gegen 15 Uhr

Langsam kam ich wieder zu mir. Am Boden zerstört wischte ich mir den Regen aus den Augen. Ich hatte es geschafft, das gesamte Wochenende, eventuell sogar noch viel, viel mehr, in wenigen unbedachten Augenblicken zu zerstören.

Und jetzt? Sollte ich tatsächlich alle Chancen in den Wind schreiben? Lohnte es sich noch zu kämpfen?

Der Kampf um Christina schien im Moment aussichtslos. Aber es gab ja noch einen anderen Kampf: Den Kampf um meine Freunde, um Thomas, um Matthias, um Anna, um Matthias *und* Anna. Ich durfte nicht zulassen, dass sich die Gräben zwischen uns weiter vertieften. Dazu war mir die Freundschaft zu den dreien viel zu wichtig. Und alles stand im Moment auf dem Spiel.

Das Problem war, dass nun alle ein anderes Bild von den Geschehnissen der letzten Nacht hatten. Christina wusste, was geschehen war. Thomas wusste nicht, was geschehen war, vermutete aber, dass zumindest *ein wenig mehr* geschehen war, als wir zugegeben hatten. Matthias wusste ebenfalls nicht, was geschehen war, vermutete aber, dass *wesentlich mehr* geschehen war, als wir zugegeben hatten.

Irgendwann und irgendwie würde ohnehin alles herauskommen, dachte ich. Insofern war es besser, jetzt endlich reinen Tisch zu machen. Vielleicht würde mir Matthias noch einmal eine reinhauen. Aber dann stünde endlich einer Versöhnung nichts mehr im Wege. Die Vermutungen und Verdächtigungen, die Halb- und Unwahrheiten, die zwischen uns standen, mussten ausgeräumt werden. Das war die einzige Möglichkeit, dachte ich.

Ich hatte langsam zu gehen angefangen. Jetzt begann ich zu laufen, schließlich zu rennen. Ich wollte zum Zeltplatz. Ich wollte endlich sagen, was Sache war.

Christina hatte ich in der Zwischenzeit beinahe eingeholt. Sie kam gerade im Camp an und verzog sich direkt in ihr Zelt. Auf den beiden Stühlen saßen Matthias und Thomas. Thomas trank Bier, Matthias blickte argwöhnisch in die Gegend. Daneben stand Anna und schien verzweifelt. Außer Atem stieß ich dazu.

„Sieh mal, wer da ist", sagte Matthias. Es klang ironisch, hämisch und böse. Ganz offensichtlich hatte er sich in den letzten Stunden alles andere als beruhigt. Ich fasste Anna am Ellbogen und zog sie einige Meter zur Seite. Matthias beobachtete uns misstrauisch.

„Pass auf", sagte ich zu Anna, „wir schenken den anderen jetzt reinen Wein ein." Sie sah mich fragend an.

„Hä?"

„Bislang haben wir die Realität arg gedehnt – aber nicht wirklich gelogen. Aber Christina weiß Bescheid, Thomas ahnt irgendwas, und Matthias fühlt sich verarscht. Noch ist es nicht zu spät, endlich mit der Wahrheit rauszurücken. Die ganzen Flunkereien und Ausflüchte haben doch bislang alles nur noch schlimmer gemacht."

Sie begann zu grübeln. Langsam machte sie einen Schritt zur Seite und drehte mir einige Sekunden den Rücken zu. Dann drehte sie sich schnell wieder um und blickte mich an.

„Meinst du?"

„Ja. Pass auf: Matthias ist *dein* Partner, er ist *mein* bester Freund – und wir beide sind auch befreundet. Das alles wird doch gesprengt, wenn wir nicht endlich die Unklarheiten zwischen uns ausräumen. So geht es doch nicht weiter. Wir haben uns in die Scheiße geritten; wir müssen da auch wieder rauskommen. Und das geht nur ehrlich."

„Könnte hinkommen."

„Sicher. Immerhin ist weit weniger passiert, als vermutet wird. Und Christina hast du es schließlich auch erzählt."

„Stimmt. Aber sie ist eben Christina."

„Deine beste Freundin."

„Meine beste Freundin."

„Dann sollte Matthias auch Bescheid wissen. *Mein* bester Freund."

„Also gut", sagte sie, „aber unter einer Bedingung."

„Ja?"

„Ich rede mit Matthias. Und zwar allein."

„In Ordnung."

Nachdem wir nun außerhalb der Hörweite von Matthias miteinander getuschelt hatten, musste er ohnehin aufgeklärt werden, dachte ich. Und nachdem er sich zunächst weigerte, überhaupt mit Anna zu reden, erklärte er sich nach einiger Zeit doch bereit, sich ihre Geschichte zumindest anzuhören. Zu zweit krochen sie ins Zelt. Jetzt konnte ich nur abwarten und hoffen. Ich fühlte mich gut. Zum ersten Mal an diesem Tag hatte ich das Gefühl das Richtige zu tun, auf dem richtigen Weg zu sein.

Samstag, 13. Juni, gegen vier

Es dauerte nicht lange, da kam Matthias aus dem Zelt heraus und mit schnellen Schritten auf mich zu.

Mist, dachte ich, befürchtete eine weitere Tracht Prügel und ging in Deckung. Doch Matthias ging einfach an mir vorbei, beachtete mich gar nicht. Er verließ unser Camp und marschierte wortlos in Richtung Festivalgelände.

„Ich weiß nicht, ob deine Idee so gut war", sagte Anna, die ihm durch den geöffneten Reißverschluss hinterher blickte, zu mir.

Ich wusste es auch nicht; jedenfalls nicht mehr. Genau genommen war ich entsetzt. Das hätte ich nun als Allerletztes vermutet. Eben sah das alles noch so logisch aus, so richtig. Und nun? Wäre es tatsächlich besser gewesen, wenn wir uns weiter durchgemogelt hätten? Verdammt, es wurde alles immer nur noch schwieriger. Und Matthias hatte sich innerhalb weniger Stunden von einem sympathischen Spaßmacher in einen wortkargen Zyniker verwandelt. Gut, das war ihm kaum zu verdenken: Er hatte seine Freundin mit seinem besten Kumpel zusammen im Zelt entdeckt und dann am Morgen eine mehr als zweideutige Unterhaltung mit anhören müssen – und anstatt eine ehrliche oder wenigstens plausible Erklärung zu bekommen, bekam er nur zögerliche Halbwahrheiten aufgetischt, die jegliche Spekulationen nur anheizen mussten. Scheiß drauf, es war sicher besser gewesen, ihm endlich zu sagen, was geschehen war. Zumindest wusste er jetzt Bescheid. Vielleicht würde er die Sache überdenken und sich am Ende doch wieder beruhigen.

„Ist er eifersüchtig?“ fragte ich Anna.

„Quatsch“, sagte sie. „Der ist einfach nur wütend. Und jähzornig. Und engstirnig.“

„Ist wohl doch mehr passiert“, murmelte Thomas und nahm einen Schluck aus der Dose. Irgendwie hatte ich ihn fast vergessen. Ich ließ mich in den Stuhl neben ihm fallen und machte mir ebenfalls ein Bier auf.

„Sieht so aus“, antwortete ich.

„Und warum hast du nicht gleich gesagt, was abgegangen ist?“

„Weil es eigentlich nicht schlimm war.“

„Das scheint Matthias anders zu sehen.“

„Offensichtlich.“

„Und was war es?“

„Was war was?“

„Na, was ist jetzt genau passiert?“

Ich blickte zu Anna, die nun ebenfalls wieder ins Freie getreten war. Klar, in dem Zelt, das eigentlich ihr eigenes war, hatte sie im Moment nichts mehr verloren. Ihr gesamtes Gepäck befand sich bei Christina.

„Willst du noch mal?“ fragte ich sie. Sie hatte die Geschichte nun schon Christina erzählt und auch Matthias gebeichtet. Da konnte sie doch auch Thomas aufklären, dachte ich.

„Bisschen mehr Tatschen als Zufall“, sagte sie lapidar. Irgendwie klang das arg unromantisch. Und das sollte es wohl auch.

„Und das war’s?“ fragte Thomas.

„Genau.“

„Wie? Und was dann?“

„Dann musste er kotzen.“ Sie zeigte auf mich. Thomas sah zu mir. Er begann zu lächeln, dann zu grinsen, dann schallend zu lachen.

„Junge“, brachte er atemlos heraus, „du kriegst aber auch gar nichts auf die Reihe, was?!“ Er schlug sich mit der flachen Hand aufs Knie und schüttelte sich.

Zum ersten Mal an diesem Tag musste ich auch lachen. Er hatte eigentlich recht: Abgesehen davon, dass die ganze Geschichte durchaus dramatisch war, war sie eigentlich auch zum Brüllen komisch. Im Grunde musste ich eingestehen, dass ich eigentlich eine klassische Slapsticknummer eingelegt hatte: Nichts Ernstes gemacht, aber alles falsch. Und das mit der schlafwandlerischen Sicherheit, nie richtig zu liegen. Und dann auch noch kotzen!

„Hör mal“, sagte Thomas, „warum habt ihr die ganze Story nicht gleich so erzählt? Ist doch gut! Wahrscheinlich hätte sogar Matthias gelacht.“

„Mag sein.“

„So habt ihr natürlich allen Vermutungen Tür und Tor geöffnet.“

„Stimmt wohl.“

„Mist ist es in jedem Fall.“

„Meinst du, Matthias kommt darüber hinweg?“

„Wer einmal lügt, dem glaubt man nicht.“

„Ach komm“, sagte ich. Thomas hob die Hände in die Luft.

„Denk dran, dass du mich auch belogen hast.“

„Habe ich nicht.“

„Du hast gesagt, dass nichts passiert ist, was zum Problem werden könnte. Das scheint aber Matthias ganz anders zu sehen.“

„Christina auch.“

Thomas stutzte.

„Du hast gleich doppelt ins Klo gegriffen, oder?“ sagte er nachdenklich.

„Könnte man meinen.“

„Irgendwie habe ich das Gefühl, du hast dich selbst genug bestraft.“

„Dankeschön.“

„Ach komm, das renkt sich schon wieder ein.“ Er beugte sich vor und haute mir mit der Hand auf die Schulter. Irgendwie war ich ein wenig erleichtert. Zumindest Anna und Thomas waren mir gegenüber nicht nachtragend. Und beide waren überzeugt, dass sich demnächst wieder alles beruhigen würde. Das konnte doch ein wenig zuversichtlich stimmen. Vielleicht war ja sogar Christina noch nicht ganz abgeschrieben?

Samstag, 13. Juni, gegen fünf

Leider entwickelte sich aber so schnell gar nichts zum Positiven. Matthias blieb verschwunden und streifte wohl allein über das Festivalgelände. Christina und Anna hatten sich zu zweit ebenfalls auf den Weg zur Hauptbühne gemacht. Thomas und ich saßen unter dem Pavillondach und tranken vor uns hin. Das Bier war warm und schmeckte nicht, die Luft war kalt und feucht.

Die gute Stimmung von gestern war verflogen. Und selbst mit Thomas, der die Flunkerei verziehen hatte und weiter keine Vorwürfe erhob, wollte sich keine unbeschwerte Atmosphäre mehr einstellen. Wir waren eben keine zusammenhaltende Gruppe mehr, sondern in Fraktionen aufgesplittert. Weitgehend lust- und sprachlos warteten wir, dass die Zeit langsam verging. Gestern hatten wir noch beinahe pausenlos gelacht; weder ein grantiger Dorfbewohner noch ein Wespenstich hatten die gute Laune längerfristig verderben können; dazu kam noch die Magie zwischen Christina und mir, die fröhliche Erwartung, die Spannung, was sich daraus entwickeln konnte. Alles hatte unendlich Spaß gemacht. Rückblickend sah natürlich immer alles noch ein wenig rosiger aus, das war mir schon klar. Aber heute lief einfach gar nichts mehr. Über Nebensächliches wie Fußball konnten wir uns nicht unterhalten. So etwas wirkte wie das Suchen nach Ausflüchten und das Drücken vor den eigentlich wichtigen Themen. Doch jene wichtigen Themen – die Probleme zwischen Matthias, Anna, Christina und mir – konnten wir ebenfalls nicht besprechen. Einerseits sollte die Stimmung ja steigen und nicht schlechter werden, andererseits gab es diesbezüglich ja ohnehin nichts Neues. Wohl oder übel blieb mir nichts anderes übrig, als abzuwarten, wie sich die Dinge entwickelten.

Als der Regen eine Zeit lang aussetzte, beschlossen auch Thomas und ich zum Festivalgelände zu gehen. Thomas drängte zum Aufbruch. Missmutig stapfte ich neben ihm her. Von Euphorie war nichts zu spüren. Aber immerhin spielten heute noch einmal einige große Bands. Um zwanzig Uhr würden die Beatsteaks auf der Hauptbühne auftreten. Darauf hatte sich Thomas in den letzten Tagen ganz besonders gefreut. Innerlich beschloss ich, schon allein ihm zuliebe noch einmal ordentlich vor der Bühne zu feiern. Mir war zwar zu alles anderem als ausgerechnet zum Feiern zumute, aber es war ja nun wirklich niemandem geholfen, wenn ich nun auch Thomas noch die Laune verderben würde. Ich hatte immerhin schon viel zu viel Mist gebaut. Jetzt wollte ich das Festival zumindest zu einem guten Abschluss bringen.

Der erste Anlaufpunkt war wieder der Biergarten. Zum kühlen Bier holten wir uns eine heiße, gefüllte Pizza. Schließlich hatten wir bis auf zwei oder drei Schokoriegel, verteilt über den ganzen Tag, noch nichts gegessen. Mit einem Taschentuch wischte Thomas Tisch und Bänke trocken, bevor wir uns setzten. Der fettige Teigfladen tat gut. Einerseits, weil ich erst beim Hineinbeißen merkte, wie hungrig ich eigentlich war und nun beinahe spüren konnte, wie sich meine Energiespeicher aufluden – zum anderen, weil der zähflüssige, warme Käse zumindest von innen ein wenig wärmte. Es hatte zwar abgesehen von einigen Tropfen hier und dort aufgehört zu regnen, aber mit den sommerlichen Temperaturen war es vorbei. Kurze Hosen waren heute die absolute Ausnahme. Freie Oberkörper, knappe Shirts oder kurze Röcke gab es gar nicht mehr. Es dominierten dicke Sweatshirts und Regenjacken. Irgendwie sah das alles ziemlich traurig aus.

„Ich war heute noch bei gar keiner Band“, sagte Thomas nachdenklich kauend.

„Ich auch nur heute Morgen“, antwortete ich.

„Da sind wir hunderte Kilometer gefahren, und jetzt haben wir fast den ganzen Tag auf dem Campingplatz gesessen.“

„Es kommt ja noch das eine oder andere.“

Es war schon seltsam, auf der einen Seite hatten wir vorhin unter dem Pavillon gehockt und die Zeit schien nicht vergehen zu wollen; auf der anderen Seite konnte man nun das Gefühl bekommen, der Tag neige sich bereits dem Ende entgegen und wir hätten das Beste verpasst – dabei war es ja noch ziemlich früh. Immerhin würden ja noch bis weit in die Nacht hochkarätige Bands auftreten. Trotzdem hatten das schlechte Wetter und die zweifelhafte Laune das gesamte Festival in ein graues Nichts verwandelt.

Wir beschlossen, dem Hangar noch einen Besuch abzustatten. Dort sahen wir uns eine gute halbe Stunde eine recht langweilige Gruppe aus Hamburg mit deutschen Texten an. Als wir genug hatten, tauschten wir am Bierstand unsere leeren Becher in volle um und spazierten an der Händlermeile vorbei zur Hauptbühne. Plötzlich wurde Thomas regelrecht euphorisch.

„Das muss ich haben!“ rief er. Er hatte ein T-Shirt mit einem speziellen AC/DC-Aufdruck entdeckt, das er schon länger gesucht hatte. Er zahlte begeistert, faltete das Shirt mit bundeswehrartiger Genauigkeit, überlegte es sich dann anders und zog es sich unter die Regenjacke an.

Da noch ausreichend Zeit bis zum Auftritt war, nahmen wir uns noch ein Bier mit auf den Weg und schoben uns dann vor die Bühne. Diesmal wollten wir keinen Abstand zum Galliergetümmel wahren. Thomas hatte sich fest vorgenommen, diesen Gig von der ersten bis zur letzten Sekunde voll auszukosten – und das ging seiner Meinung nach nur im absoluten Zentrum der Stimmung. Das positive Erlebnis des T-Shirt-Kaufs hatte seine Laune außerdem auf ein neues Zwischenhoch gebracht. Selbstverständlich würde ich ihn also begleiten – wo auch immer er gedachte hinzugehen. Das hier war *sein* Konzert.

Samstag, 13. Juni, kurz nach 20 Uhr

Unter einem Gitarrengewitter stürmten die Beatsteaks auf die Bühne und starteten ohne Umschweife in den ersten Song: passenderweise *Big Attack.* Schnelle Riffs und hämmerndes Schlagzeug verwandelten das Publikum augenblicklich in eine amorphe Masse: Ausgelassen wurde gehüpft und gesprungen, sowohl vertikal als auch horizontal – Nebenleute wurden gerempelt, Arme in die Luft gestreckt und geklatscht. Diverse Crowdsurfer ließen sich bereits jetzt über die Köpfe hinweg in Richtung Bühne tragen. Dort wurden sie von eifrigen Security-Leuten aus dem Publikum gefischt. *I will travel this world which is out of control* lautete der Text des Songs, den wir lauthals mitgrölten. Das passte irgendwie wie die Faust aufs Auge, fand ich. Und es baute tatsächlich auch Spannung und Stress ab, jetzt einfach mal nur laut zu schreien. Auf einmal fühlte ich mich wieder etwas besser.

Doch dann passierte es: Thomas erhielt einen Stoß von der Seite und stürzte. Zwischen all dem Gespringe und Getrampel waren dabei nicht nur blaue Flecken, Prellungen und Abschürfungen garantiert – es war lebensgefährlich. Das wussten zum Glück auch die uns umringenden Personen. Trotz der lauten Musik, trotz der wilden Stimmung, trotz jeglicher Ablenkung durch die Show war allen sofort klar, dass es hier für einen Menschen in ihrer Mitte gefährlich wurde. Und da so etwas im allgemeinen Gewühl vor der Bühne durchaus häufiger vorkam, wussten auch alle, was nun zu tun war: Sofort wurde jedes Tanzen, Springen und Schreien eingestellt, wichtig war allein, dem Gestürzten wieder auf die Beine zu helfen. Für wenige hastige Augenblicke entstand so im Meer aus wogender Menschenmasse eine vollkommen ruhige Insel. Obwohl nur Sekunden vergingen, schien die brenzlige Situation in Zeitlupe abzulaufen.

Da ich eben noch neben Thomas gestanden hatte, war ich der Erste, der ihn zu fassen bekam. Ich schnappte ihn am rechten Unterarm und versuchte ihn hochzuziehen. Doch irgendwie gelang mir das nicht sofort. Es war, als würde er irgendwo festhängen, als ob ein Bein, Knie oder Fuß ihn gegen den Boden gedrückt hielt. Oder lag es einfach nur daran, dass Thomas ein wenig schwerer war als die meisten anderen hier? Ich erhielt einen Stoß in die Seite und hatte plötzlich selbst Probleme, mich auf den Beinen zu halten. Thomas Arm hielt ich fest umschlossen. Ich blickte zu ihm herab. Er rief mir irgendetwas zu, was ich aber in all dem Trubel nicht verstand. Ich zog noch einmal an seinem Arm, ein wenig stärker diesmal. Nun kam mir der Arm ein Stück entgegen – Thomas hingegen nicht.

Ein seltsames, unnatürliches Gefühl stellte sich ein, als der Widerstand des Arms nachgab. Er drehte sich leicht, wurde schwammig weich, gefühllos schwer. Thomas schrie auf. Überrascht und entsetzt ließ ich seinen Arm los, der leblos zu Boden glitt. In diesem Moment hatten zwei andere Personen zugepackt: Einer zog an Thomas' linkem Arm, ein anderer hievte ihn an der Jacke hoch. Thomas war wieder auf den Beinen.

Allerdings hielt er sich mit schmerverzerrtem Gesicht die rechte Schulter. Wir mussten aus dem Gewühl raus. Die Menschen um uns herum schrien uns an. Man hörte durch die harten Gitarrenriffs Wortfetzen wie *alles okay?*, *verletzt?* oder *schlimm?* Selbst von der Bühne aus schien es sichtbar zu sein, dass hier im allgemeinen Gewirr etwas nicht stimmte. Auf ein Zeichen von Sänger Arnim verstummte die Band komplett, lediglich das Schlagzeug war noch einen halben Takt weiter zu hören. Dann legte sich eine merkwürdige Stille über das Rollfeld. Denn mit einem solch unvermittelten Abbruch der Musik hatte im Publikum niemand gerechnet, so dass weder Applaus noch Jubel aufbrandeten, so wie dies normalerweise reflexartig geschah.

„Alles klar bei euch da unten?" hieß es von der Bühne. Mehrere Leute klatschten, um zu signalisieren, dass nichts Schlimmes passiert war. Selbst Thomas tat das. Er nahm die linke Hand von seiner rechten Schulter und streckte der Band den Daumen entgegen.

Während die Musik weiterging, schob ich Thomas durch die engen Reihen. Immer wieder wurde er unabsichtlich angerempelt, was ihm unendliche Schmerzen bereitete. Doch ich hatte nicht richtig mit ihm reden können. Er schien nur immer und immer wieder ein einziges Wort zu sagen: Scheiße.

Wenige Minuten später erreichten wir die Sanitätsstation. Diesmal war es nicht jene auf dem Campingplatz, sondern eine zweite auf dem Festivalgelände. Entsprechend dramatischer waren auch die zu versorgenden Blessuren. Hier wurden weniger Wespenstiche und Sonnenbrände behandelt, sondern schwerwiegendere Fälle von Kreislaufproblemen oder Sturzverletzungen.

„Was ist passiert?“ fragte ein Sanitäter. Genau wie gestern handelte es sich um einen jungen Mann, kaum älter als wir selbst. Er schien schon länger zu arbeiten – oder er hatte extrem viel zu tun gehabt: Unter den Augen dunkle Ringe, eine Rasur hätte er auch gut vertragen können. Im Grunde sah er genauso aus wie die meisten Besucher des Festivals nach drei Tagen Feiern.

„Sturz, Arm kaputt“, erklärte ich für Thomas, der neben mir stand und offensichtlich unschlüssig war, ob er sich setzen, hinlegen oder einfach stehen bleiben sollte. Er schwitzte, trotz der kühlen Witterung und hatte eine merkwürdig schiefe Körperhaltung angenommen.

Der Sanitäter blickte an Thomas hinauf und hinab. Dann tastete er nach seinem Arm und fragte nach Schmerzen, was Thomas mit ächzendem Stöhnen beantwortete. Der junge Mann verabschiedete sich mit den Worten, dass er sich schon denken könne, was passiert sei, dass er da aber nichts tun könne und dass sich das in jedem Fall ein Arzt ansehen müsse. Thomas schien genervt. Er meinte, er könne sich auch denken, was passiert sei, dass er da nichts tun könne und dass sich das ein Arzt ansehen müsse. Und dass das doch bitte ein wenig plötzlich gehen solle. Ich kam mir vor wie in einem Feldlazarett – und zwar in einem Feldlazarett, beschrieben von Erich Maria Remarque. Auch die Notärztin, die sich jetzt um Thomas kümmerte, hätte hervorragend an die Westfront gepasst: Sie hatte kurze Haare, war klein, resolut, kurz angebunden und duldete keinen Widerspruch. Eben noch gab sie wild gestikulierend einem anderen Sanitäter Anweisungen, dann erkundigte sie sich im Vorbeigehen nach dem Befinden eines Patienten, wobei sie jedoch keine Antwort abwartete und dessen Versuch überhaupt etwas zu sagen als ausreichend positives Zeichen wertete – jetzt wandte sie sich Thomas zu.

„Schulterluxation", sagte sie, ohne ihn genauer zu untersuchen. „Sehe ich auf den ersten Blick." Thomas nickte.

„Was?" fragte ich.

„Dein Freund", sagte sie beiläufig, „hat sich die Schulter ausgekugelt."

„*Mein* Freund hat *mir* die Schulter ausgekugelt", erklärte Thomas.

„Oh, Körperverletzung?" stellte sie fest, halb hämisch, halb desinteressiert. Und dann, mehr an ihre Kollegen denn an uns gerichtet: „Krankenhaus."

Ich stutzte. Irgendwie hätte ich nie gedacht, dass es so schlimm hätte sein können. Ich war irgendwie davon ausgegangen, dass er sich nichts gebrochen hatte, dass er im Sanitätszelt irgendeine Behandlung bekäme, einen Klaps dazu – und dass es damit dann auch gut wäre. Dass er ins Krankenhaus musste, das erschien mir vollkommen abwegig. Doch Thomas nickte wieder nur.

„Ist nicht das erste Mal", sagte er. „Hatte als Kind mal einen kleinen Sportunfall. Fußball eben. Da ist das auch passiert." Er setzte sich auf eine Trage.

„Und das bedeutet?" wollte ich wissen.

„Dass mir so was schneller wieder passieren kann."

„Tut mir leid."

„Ich habe *Stopp!* gerufen."

„Habe ich nicht gehört."

„Habe ich gemerkt."

„Tut mir *wirklich* leid."

Ich hatte ihm doch nur helfen wollen. Und jetzt musste er ins Krankenhaus. Irgendwie stand das gesamte Wochenende unter einem schlechten Stern.

Derweil stellten zwei Sanitäter Thomas' Arm ruhig. Genau genommen handelte es sich um den Sanitäter von vorhin und eine junge Sanitäterin, von der sich Thomas deutlich mehr gefallen ließ als von ihrem männlichen Kollegen, selbst wenn sie ihm weh tun musste; etwa, als sie ihm die Regenjacke abstreifte. Er gab sich alle Mühe, nicht wehleidig zu wirken, konnte seine Schmerzen aber kaum verbergen. Dann machten wir uns zu Fuß auf den Weg zu einem Parkplatz hinter dem Sanitätszelt, laufen konnte er schließlich ohne größere Probleme. Ich trottete neben ihm her.

„Also noch mal: es tut mir leid", sagte ich. Er seufzte.

„War ja keine Absicht", antwortete er einsilbig.

Mehr sagte er nicht. Dann stieg er in den auf ihn wartenden Krankenwagen und legte sich drinnen auf die Trage; ein Sanitäter setzte sich neben ihn und erklärte ihm irgendetwas. Ich konnte nicht genau verstehen, worum es ging. Auf Anweisung eines zweiten Sanitäters nahm ich vorne auf dem Beifahrersitz Platz. Dann fuhren wir langsam – ohne Blaulicht, schließlich bestand weder Lebensgefahr noch hatte Thomas irgendwelche offenen Wunden – nach Wiesenheim ins nächste Krankenhaus. Ich blickte durch die Scheibe nach draußen. Dort hatte es gerade angefangen zu dämmern. Die letzten Stunden zogen noch einmal vor meinem inneren Auge vorbei: die Auseinandersetzung mit Matthias, das wahrscheinliche Aus vor dem Anfang mit Christina, jetzt die Verletzung von Thomas. Es wurde immer schlimmer. Jedenfalls hätte ich gestern keinen noch so kleinen Gedanken daran verschwendet, dass ich heute Abend in einem Rettungswagen sitzen und nach Wiesenheim fahren würde.

„Was ist eigentlich mit dir passiert?“ fragte der fahrende Sanitäter plötzlich und riss mich aus meinen Gedanken. Ich verstand nicht.

„Was?“

„Na, was mit dir los ist?“

„Mein Freund hat sich die Schulter ausgekugelt. Und jetzt fahre ich mit ins Krankenhaus. Ihm geht es schlecht. Mir nicht.“

„Du guckst aus dem Fenster wie sieben Tage Regenwetter.“ Er überlegte und sah wohl ein, dass auf einem Open-Air-Festival auch *ein* Tag Regenwetter die Laune deutlich trüben konnte. „Und im Gesicht siehst du auch ziemlich mitgenommen aus.“

Das hatte ich fast vergessen. Ich neigte den Kopf zu Seite und betrachtete mich im Außenspiegel. Die Wange war rot angeschwollen, die Unterlippe sah nach Stich und Schlag seltsam unförmig aus. Dazu die nassen Haare, die im Gesicht klebten, und rote, halbgeschlossene Augen. So hätte ich in jedem Horrorfilm mitspielen können.

„Alles halb so wild“, antwortete ich dem Fahrer. Ich hatte keine Lust, mich mit ihm über Wespen, Hiebe und private Katastrophen zu unterhalten. Zum Glück gab er sich mit der Antwort zufrieden. Sicher hörte er bei den wildesten Verletzungen die ewig gleiche Geschichte vom unglücklichen Treppensturz und konnte sich denken, was mir widerfahren war. Warum sollte er mir also eine an den Haaren herbeigezogene Begründung für etwas so Offensichtliches wie im Gesicht platzierte Faustschläge abnötigen, wenn ich darüber nicht sprechen wollte? Mir war jedenfalls vollkommen egal, was er dachte. Ich fühlte mich merkwürdig betäubt.

Unterdessen zog die Landschaft vorbei. Während gestern alles noch saftig grün gewesen war, Kornblumen zwischen den Ähren geblüht hatten und die Sonne die Hügel in warmes Licht getaucht hatte, war heute alles grau in grau. Der Nieselregen verwischte die Konturen von Bäumen, Feldern und Ortschaften.

Die Umgebung machte heute einen ebenso trostlosen Eindruck wie das Festivalgelände und der Campingplatz.

Samstag, 13. Juni, etwa halb zehn

Nach einer schier unendlichen Fahrt erreichten wir das Krankenhaus von Wiesenheim. Während hinten die großen Klapptüren geöffnet wurden und Thomas ausstieg, blieb ich einfach sitzen. Irgendwie wollte ich ihm jetzt nicht unter die Augen treten. Doch der Fahrer schickte mich mit den Worten, hier sei Endstation, nach draußen.

Schweigend ging ich neben Thomas ins Gebäude. Drinnen erstreckte sich hinter einem Empfangstresen ein langer, weißgestrichener Korridor. Jenen gingen wir auf Geheiß der Sanitäter hinunter, bis wir zu einem per Glastür abgetrennten Warteraum kamen. Hier mussten wir einen Aufruf abwarten. Nebenan befanden sich auf der rechten Seite ein Röntgenzimmer und links ein Behandlungsraum. Die beiden Sanitäter verabschiedeten sich, wünschten Thomas alles Gute und ließen uns hier zurück. Außer uns saßen im Wartezimmer noch eine ältere Dame mit einem bandagierten Handgelenk und ein weiterer Festivalbesucher – deutlich zu erkennen am roten Bändchen –, der hier auf seine Freundin wartete, die mit dem Fuß umgeknickt war. Das erzählte er uns, ohne dass wir ihn gefragt hätten. Wir hingegen gaben uns ungesprächig. Thomas starrte auf den grauen PVC-Fußboden, ich blieb stehen und zupfte Blätter von einer Zimmerpflanze. Erst als ich einen halben Ast entlaubt hatte, stellte ich fest, dass es sich um eine Plastikpflanze handelte. Es roch nach Desinfektionsmittel.

Schließlich kam das Mädchen, eine kleine Rothaarige, aus dem Röntgenzimmer und setzte sich neben ihren Freund. Sie musste jetzt warten, bis die Röntgenaufnahmen entwickelt waren, derweil wurde die ältere Dame in den Raum gebeten. Ich setzte mich so weit wie möglich von Thomas entfernt auf die

Bank und zog mein Handy hervor. Seit wir in den Krankenwagen gestiegen waren, hatte ich noch nicht ein Wort mit ihm gewechselt.

Wenig später wurde das Mädchen in den Behandlungsraum gebeten, und die ältere Dame musste wieder im Wartezimmer Platz nehmen und auf ihre Bilder warten. Jetzt war Thomas an der Reihe, sich röntgen zu lassen. Während er an mir vorbei in das Zimmer ging, klickte ich mich durch das Telefonbuch meines Handys. Ich blickte nicht auf.

Thomas blieb einige Minuten weg, dann kam er zurück in den Warteraum. Das Mädchen humpelte auf Krücken zurück ins Wartezimmer. Sie erklärte ihrem Freund, dass sie hier noch einmal warten sollte; es sei zwar nichts gebrochen, aber eine Sehne gerissen. Sie würde gleich einen Verband bekommen. Dann kam die ältere Dame in das Behandlungszimmer. Auf dem Korridor näherte sich ein neuer Patient mit ruhiggestelltem Finger; ein Arzt zeigte in unsere Richtung. Die Tür öffnete sich, der Neue sagte *Guten Abend*, nahm Platz und reihte sich so in das merkwürdige Karussell ein. Irgendwie wirkte das alles surreal: Wartezimmer, Röntgenraum, Wartezimmer, Behandlungsraum, Wartezimmer – und im Korridor immer wieder vorbeigehende Menschen, die man durch die Glastür zwar sah, aber nicht hören konnte. Und einige Kilometer weiter tobte eine ausgelassene Party, spielten gerade die Headliner des Festivals, hatten viele Tausend Menschen unendlich viel Spaß.

Schließlich war Thomas an der Reihe. Die Tür zum Behandlungsraum öffnete sich, die Dame kam heraus und konnte im Unterschied zu dem Mädchen direkt gehen. Thomas wurde von einem grauhaarigen Arzt mit müden Augen hinter einer runden Brille hereingebeten. Ich steckte das Handy weg, stand auf und ging wieder umher. Eine Krankenschwester kam und bat das Mädchen und ihren Freund mitzukommen. Beide versuchten, die Verletzte zu stützen, während sie sich relativ mühelos mit ihren Krücken fortbewegte; ein seltsamer Anblick. Ich sah ihnen nach, wie sie den Korridor in Richtung Ausgang hinuntergingen. Dann bogen sie ab.

Genau in diesem Moment hörte man ein kurzes, aber lautes Aufschreien aus dem Behandlungsraum, unzweifelhaft von Thomas. Ich hatte ihn noch nie schreien gehört. Es klang unwirklich und unheimlich. Dann kehrte augenblicklich wieder Ruhe ein. Der neue Patient sah erst auf seinen bandagierten Finger und dann fragend zu mir. Ich zuckte mit den Schultern. Er stand auf und begann nun ebenfalls auf und ab zu gehen.

Thomas blieb länger im Behandlungsraum als seine beiden Vorgängerinnen. Als er schließlich zurück in den Warteraum kam, trug er eine Art Schlinge. Der Arm war ähnlich ruhiggestellt wie es vorhin – allerdings sah der nun angelegte Verband wesentlich stabiler und dauerhafter aus. Der Oberarm wies gerade nach unten, der Unterarm war am Ellbogen im rechten Winkel geknickt und vor dem Bauch fixiert. Der gesamte Arm war eng an den Rumpf angelegt und ließ sich inklusive der Schulter nicht mehr bewegen. Lediglich die Hand schaute aus dem Verband hervor.

„Ich wünsche Ihnen gute Besserung“, sagte der Arzt, nahm seine Brille ab und reinigte die Gläser an seinem Kittel. Dann rieb er sich die Augen und bat den neuen Patienten in den Behandlungsraum. Allerdings war der *neue* Patient jetzt nicht mehr der *neueste* Patient: Ein weiterer Unglücklicher mit bandagiertem rechten Knie hatte auf der Bank Platz genommen, saß weniger als dass er lag; das rechte Bein ließ er weitgehend gerade und streckte es in den Raum, lediglich die Ferse setzte er auf den Boden.

„Kreuzband“, sagte er gepresst, als ich in seine Richtung sah.

Thomas und ich gingen wieder schweigend nebeneinander durch den Korridor. Die Regenjacke hatte er locker übergehängt, darunter trug er ein weißes T-Shirt, das er vom Krankenhaus erhalten hatte. Als wir den Empfangstresen erreichten, dämmerte uns, dass wir nun ein Problem hatten, über das wir uns bislang keine Gedanken gemacht hatten.

„Wie kommen wir zurück zum Gelände?“ fragte Thomas.

„Keine Ahnung.“

Das Pärchen von vorhin war nicht zu sehen. Vielleicht hätten die beiden uns ja mitnehmen können. Aber nicht einmal die Dame hinter dem Tresen konnte oder wollte sagen, ob die beiden sich noch in der Klinik aufhielten. Es war mittlerweile spät geworden, Festival-Schuttlebusse fuhren nicht mehr, Linienbusse ebenfalls nicht – sofern hier überhaupt Linienbusse fuhren –, und Trampen konnte man jetzt auch vergessen. Letztlich blieb nur eine Lösung, die plausibel erschien.

„Fahren wir Taxi“, sagte ich.

„Und wer soll das bitte bezahlen?“

„Das mache ich schon.“

„Wenn du meinst.“

„Ich habe uns ja schließlich in diese Lage gebracht. Da ist es ja irgendwie das Mindeste, dass ich die Fahrt bezahle.“

Wir baten die Sprechstundenhilfe, uns ein Taxi zu rufen. Sie wählte gelangweilt eine kurze Nummer, sprach kaum zu vernehmende Worte in den Hörer und teilte uns dann mit, dass es ein wenig dauern könnte, bis der Wagen käme.

Wir gingen vor die Tür. Thomas wollte jetzt unbedingt eine rauchen. Es nieselte noch immer, also stellten wir uns unter ein Vordach. Es dauerte eine Weile, bis es ihm gelungen war, trotz des bandagierten Arms eine Zigarette anzuzünden. Mit einem Seufzer blies er den Rauch aus.

Samstag, 13. Juni, gegen halb zwölf

Schneller als erwartet, aber später als erhofft bog schließlich das Taxi auf den Hof vor dem Krankenhaus.

„Provinz“, knurrte Thomas. Ich wusste, was er meinte: Der Taxifahrer hatte keinen Migrationshintergrund. Wir stiegen ein, und der Fahrer gab Gas. Er erkundigte sich bei dem auf dem Beifahrersitz sitzenden Thomas nach der Art der Verletzung, dem Festival und der allgemeinen Stimmung. Die beiden unterhielten sich; ich hingegen nahm nur ein monotones Gemurmel wahr und blickte aus dem Fenster. Draußen konnte man nun in der Dunkelheit kaum noch etwas erkennen. Nur wenn wir durch die kleinen Ortschaften fuhren, war die Straße von Laternen erhellt. In den meisten Häusern brannte kein Licht mehr.

Am Festivalgelände angekommen, stoppte der Fahrer an einem Eingang, den ich noch gar nicht bemerkt hatte. Wir waren schließlich immer über den Parkplatz gekommen. Es musste ein Extraeingang für Personen ohne Auto sein. Wahrscheinlich war Christina hier hereingekommen. Als ich an sie dachte, zog sich mein Magen seltsam zusammen.

„Das macht zweiundfünfzig Euro und zwanzig Cent", sagte der Taxifahrer.

Immer noch schweigend zog ich mein Portemonnaie aus der Tasche, klappte es auf und durchsuchte die Tasche für Scheine. Was ich entdeckte, war unangenehm.

„Thomas", sagte ich zögerlich, „ich glaube, du musst mir ein wenig Geld leihen." Ich reichte die dreißig Euro, die mir an Bargeld geblieben waren, nach vorne. Thomas seufzte, legte fünfundzwanzig Euro dazu, und wir stiegen aus.

„Tut mir leid", sagte ich, „kriegst du morgen wieder."

„Klar. Es tut dir leid. Alles tut dir leid." Er atmete hart aus. Ich wusste nicht, was ich sagen sollte. Doch er fuhr fort: „Das T-Shirt."

„Was?"

„Das Shirt. Sie haben es aufgeschnitten."

Jetzt begriff ich. Das hässliche AC/DC-T-Shirt, das er vorhin ergattert hatte, war ihm im Krankenhaus vom Körper geschnitten worden. Sie hatten es nicht über das ausgekugelte Gelenk ziehen wollen und es daraufhin zerschnitten. Ich überlegte, ob das der Grund für den Schrei gewesen war, den man aus dem Behandlungszimmer hatte hören können.

„Ich besorge dir ein neues."

„Gibt es nicht mehr in meiner Größe."

Seine Stimme hatte bei diesem letzten Satz gezittert. Und dann passierte etwas, das ich nie erwartet hätte, jedenfalls nicht von Thomas: Er begann zu heulen. Er ließ den Kopf hängen, kämpfte gegen die Tränen, konnte sie aber nicht verbergen. Mit der linken Hand wischte er sich über die Wange. Ich war sicher, dass es nicht allein um das Shirt ging. An diesem Abend war für Thomas alles schiefgegangen, was überhaupt nur schiefgehen konnte: Er hatte sich verletzt – beziehungsweise *ich* hatte ihn verletzt –, er hatte den Auftritt der Band verpasst, wegen der er überhaupt hierhergekommen war, er hatte im Krankenhaus gelitten, man hatte ihm die wichtigste Trophäe des Wochenendes zerstört, und er hatte für den Weg zurück entgegen meines Versprechens bezahlen müssen.

Aber ich wusste nicht, wie ich ihm nun helfen sollte. Normalerweise war es Thomas, der Menschen in solchen Situationen Mut zusprach, der sie tröstete, der glaubhaft versicherte, das alles doch *gar nicht so schlimm* war, dass es weiterging. Aber wer hilft den Helfern? Ich war für so etwas nicht geeignet, ich konnte das einfach nicht.

Hilflos legte ich ihm die rechte Hand auf die linke, gesunde Schulter. In diesem Moment musste es genau zwölf Uhr sein. Der letzte Headliner beendete seinen Auftritt, und über uns explodierte der Himmel in einem gigantischen Abschlussfeuerwerk. Zunächst erschrak ich und zuckte zusammen – genau wie letzte Nacht, als der Donner über den Campingplatz krachte – Thomas zeigte jedoch keine Regung, wirkte vollkommen gleichgültig. Ich sah nach oben. Der Himmel erstrahlte in violetten und grünen Farbeffekten. Dann drei rote Explosionen in kurzer Abfolge; es kam mir beinahe vor, als würden uns all die leuchtenden Punkte einhüllen. Was für ein Bild: Ein großer, weinender Kerl, dem sein kleinerer Kumpel beim vergeblichen Versuch ihn zu trösten eine Hand auf die Schulter legt – und darüber ein Höhenfeuerwerk, im Hintergrund begeisterte Rufe und Applaus. Ich hatte das Gefühl, wir würden verspottet.

Sonntag, 14. Juni, nach Mitternacht

Als das Feuerwerk mit drei ohrenbetäubenden Donnerschlägen zu Ende ging, hatte Thomas sich wieder gefasst.

„Ich glaube“, sagte er, „wenn ich nicht in diesem Verband stecken würde, würde ich es wie Matthias machen und dir auch eine reinhauen.“

„Ich schätze, ich würde dir das nicht mal übelnehmen.“

„Los komm.“

Mit diesen Worten drehte er sich um und ging durch das Tor in Richtung Campingplatz. Das Festival war – ohne dass wir das länger besprechen mussten – für uns offiziell beendet. Auf Feiern hatte jetzt niemand mehr Lust. Wir würden nicht mehr auf das Festivalgelände, zur Bühne, zum Hangar oder zum Partyzelt zurückkehren. Es galt jetzt nur noch, die Stunden bis zur Abreise möglichst ohne weiteren Ärger und Streit hinter uns zu bringen.

Als wir das Camp erreichten, saßen dort Anna und Christina unter dem Pavillon, eingepackt in dicke Pullover. Die beiden sahen uns an wie Außerirdische.

„Wo wart ihr?“ fragte Anna vorwurfsvoll. „Wir haben uns Sorgen gemacht.“ Da erst fiel mir auf, dass Thomas und ich vollkommen wortlos und ohne Nachricht verschwunden waren.

„Thomas ist gestürzt ...“, begann ich. Thomas sah mich vielsagend an, sagte aber nichts. „Wir mussten ins Krankenhaus.“

„Was ist denn passiert?“ fragte Christina an Thomas gewandt. Es klang ähnlich mitfühlend wie gestern die Frage nach meiner Lippe.

„Arm ausgekugelt“, sagte Thomas knapp.

„Und jetzt?“

„Nichts jetzt. Festival vorbei. Klappe zu, Affe tot.“

„Warum habt ihr denn nicht wenigstens angerufen?“ fragte Anna. Ich erinnerte mich daran, wie ich im Warteraum mit meinem Handy gespielt hatte. Warum war ich da nicht auf die Idee gekommen, mal anzurufen? Danach hatte ich es auf *lautlos* geschaltet. Als ich nun aufs Display sah, entdeckte ich die Information über acht *Anrufe in Abwesenheit*, alle von Anna.

„Ich ...“, ich überlegte, was ich sagen sollte, „... habe es vergessen.“ Und müde schob ich nach: „Tut mir leid.“ Wie oft hatte ich diese drei Worte heute eigentlich schon gesagt? Ich wusste es nicht mehr. „Wo ist eigentlich Matthias?“

Mir war aufgefallen, dass er nirgends zu sehen war, und das erschien mir irgendwie eine passende Möglichkeit, um von ausgekugelten Armen und vergessenen Anrufen abzulenken. Anna zuckte mit den Schultern und zog die Mundwinkel nach unten. Sie versuchte betont gleichgültig zu wirken.

„Er ist bislang nicht zurückgekommen“, sagte sie.

„Tut mir leid“, sagte ich.

„Muss es nicht“, flüsterte Anna. „Wenn er sich wie ein Idiot benehmen will, dann soll er das von mir aus tun.“ Es war seltsam: Mit Anna hatte vor fast vierundzwanzig Stunden das ganze Schlamassel begonnen; sie war die Erste, die ich in Schwierigkeiten gebracht hatte – und jetzt schien sie die Einzige zu sein, die ich noch halbwegs auf meiner Seite hatte. Ich rätselte allerdings, ob sie bezüglich Matthias tatsächlich so gleichgültig war. Ich war es jedenfalls nicht.

„Hast du ihn mal angerufen?“ fragte ich. Sie schüttelte den Kopf.

„Soll ich?“ schlug ich vor.

„Das wäre ja noch schöner“, sagte sie, „uns ruft ihr nicht mal an, wenn ihr ins Krankenhaus fahrt, und Matthias telefoniert ihr auch noch hinterher?“

Ich musste zugeben, dass das tatsächlich nicht besonders logisch erschien. Allerdings befürchtete ich auch, dass die Risse in der Freundschaft von Matthias und mir immer tiefer wurden, je länger die Probleme zwischen uns nicht ausgeräumt waren. Aber ob sich das mit einem nächtlichen Telefonanruf bessern ließ?

„Egal, ich trinke jetzt noch ein Bier, und dann ist Feierabend“, schaltete sich Thomas dazwischen. Offenbar menschelte es ihm zwischen uns bereits wieder zu viel. Jedenfalls ruhte er wieder ganz in sich selbst; jetzt würde er nie mehr zugeben, dass er noch vor wenigen Minuten vor Verzweiflung geheult hatte, schon gar nicht vor den Mädchen.

Mit der linken Hand griff er unter die Zeltplane und zog eine Dose aus der Palette. Ich tat es ihm gleich, und wir setzten uns auf die Decke. Der Stoff lag zwar im Trockenen, war aber klamm geworden.

Nahezu schweigend hingen wir alle irgendwelchen Gedanken nach und tranken das letzte Bier des Festivals. Irgendwie hatten wir uns das alle anders vorgestellt.

Sonntag, 14. Juni, morgens

Als ich schließlich die Augen aufschlug, hatte ich seit einigen Stunden nicht mehr schlafen können. Thomas hatte aufgrund des Verbands ausschließlich auf dem Rücken geschlafen und fürchterlich geschnarcht. Der normale Lärm auf dem Campingplatz hatte sein Übriges getan und mich immer wieder wach werden lassen. Zumindest hatte es irgendwann in der Nacht endgültig aufgehört zu regnen.

Die Mädchen hatten sich in Christinas Zelt schlafen gelegt. Ich überlegte, wann wohl Matthias zurückgekommen war. Ich zog meine Hose an und schlüpfte aus dem Zelt. Seine Schuhe lagen jedenfalls schlammverschmiert zwischen den Campingstühlen auf der Decke. Ob er sie dort wutentbrannt hingeworfen hatte? Oder war er lediglich betrunken gewesen? Wenigstens war er wieder zu uns gestoßen. Das wertete ich mal als halbwegs positives Zeichen.

Ich nahm einen tiefen Schluck aus einer angebrochenen Wasserflasche und setzte mich in einen Stuhl. Nach einer Weile streckte auch Thomas den Kopf aus dem Zelt, und auch bei Anna und Christina waren erste Lebenszeichen zu vernehmen. Offenbar begannen die beiden, ihre Klamotten zu packen.

Während Thomas sich als Frühstück einen Schokoriegel zwischen die Zähne schob, blickte ich über den Campingplatz: Unzählige Füße hatten die aufgeweichte Wiese über den gestrigen Nachmittag und die letzte Nacht in ein gigantisches Schlammfeld verwandelt. Grüne Flächen aus Gras waren praktisch nicht mehr vorhanden. Die Zelte standen im Matsch. Dazwischen lagen weggeworfene Getränkedosen, Paletten, Flyer, kaputte Campingstühle und ein umgekippter Grill – ein Chaos aus Schlamm, das an frühe Gemälde von Otto Dix erinnerte.

Da ich keinen Hunger hatte, verzog ich mich wieder ins Zelt und begann ebenfalls, den Schlafsack einzurollen und meine Tasche zu packen. Es war zwar noch vergleichsweise früh, gerade für ein Festival – aber irgendwie wollte ich nur noch nach Hause.

Bei Anna und Christina hatte sich jetzt geschäftige Aufbruchstimmung breitgemacht. Während ich die Luft aus meiner Isomatte quetschte, waren die beiden schon damit beschäftigt, die Heringe aus dem weichen Boden zu ziehen und Christinas Zelt abzubauen. Thomas half ihnen dabei. Als ich fertig war, tauschte ich mit Thomas wortlos die Rollen: Er packte im Zelt seine Klamotten zusammen, ich half Anna und Christina beim Abbau. Lediglich bei Matthias tat sich gar nichts. Nach einer Weile überlegten wir, ob wir nicht nach ihm sehen sollten. Und schließlich klopfte Thomas gegen eine der Zeltstangen. Als sich auch daraufhin nichts tat, zog er den Reißverschluss auf und warf einen Blick ins Innere. Ich stellte mich hinter ihn und sah ihm vorsichtig und skeptisch über die Schulter.

Matthias lag eingerollt in seinen Schlafsack neben seiner Isomatte. Als sich das Zelt öffnete, blinzelte er gegen die einfallende Helligkeit. Seine Augen hatten dunkle Ränder, und seine Haare waren zerzaust. Mit einem seltsam tiefen Grummeln erkundigte er sich, was los sei. Ich kannte Matthias gut in diesem Zustand: Er war vollkommen verkatert.

Dass Thomas seinen rechten Arm in einer seltsamen Schlinge trug, schien ihm gar nicht aufzufallen. Oder es interessierte ihn nicht weiter. Er rieb sich die Augen, strich sich dann mit der Hand durch die Haare und gähnte ausgiebig. Er erinnerte an einen aufwachenden Löwen. Ich fragte mich, ob er wohl ähnlich gefährlich war. Gestern Morgen immerhin war er es gewesen ...

Heute jedoch war er nur träge. Offenbar hatte er sich den ganzen Abend und die halbe Nacht hindurch ausgiebig der alkoholischen Problemlösung hingegeben. Aber er realisierte, dass um ihn herum der Aufbruch im Gange war. Und ganz offensichtlich zog es auch ihn weg von hier und nach Hause. Umständlich, aber doch schneller als erwartet schälte er sich aus seinem Schlafsack und begann seine im Zelt herumliegenden T-Shirts in die Tasche zu stopfen.

Verglichen mit unserer Ankunft verlief der Aufbruch fluchtartig: Vor drei Tagen waren wir erwartungsfroh gewesen und munter, hatten Spaß, richteten uns ein gemütliches Camp ein und genossen die Platzsuche, den Aufbau und erste Biere. Jetzt brachen wir in Rekordgeschwindigkeit buchstäblich unsere Zelte ab, es wurde nicht gepackt, sondern nur gestopft, gerafft und gerollt. Notdürftig landeten unsere Siebensachen unsortiert in den Taschen. Wir hinterließen eine Mülltüte voll leerer Dosen, drei verbogene Heringe und zwei kaputte Plastikbecher. Das Müllpfand interessierte uns nicht mehr, sollte sich das doch jemand anderes unter den Nagel reißen. Während wir vorvorgestern noch ausgelassene Sprüche gemacht hatten, mit denen wir uns gegenseitig antrieben und zum Lachen brachten, redete heute kaum jemand ein Wort. Wir arbeiteten routiniert, beinahe mechanisch.

Thomas half so gut mit, wie es ihm der lädierte Arm erlaubte; und selbst Matthias reihte sich trotz Katers und kaum zu verhehlender Wut auf den Rest – oder zumindest auf Anna und mich – klaglos und kühl in die Gruppe ein. Innerhalb von einer halben Stunde hatten wir unser Hab und Gut verpackt und begannen, es zum Auto zu tragen.

Verzweifelt versuchten wir auf dem Weg zum Parkplatz, zumindest halbwegs festen Boden unter den Füßen zu behalten. Doch immer wieder sank man bis zum Knöchel in den Morast, beinahe lief der Schlamm in die Schuhe. Eine leichte Brise wehte vom Zaun herüber, und die Luft transportierte einen Dunst aus nasser Erde und Urin. Man wollte sich lieber keine Gedanken darüber machen, was in dem Matsch um die eigenen Füße alles aufgelöst war.

Sonntag, 14. Juni, früher Vormittag

Als wir das Gepäck schließlich im Wagen verstaut hatten, ließ sich ein Moment nicht mehr aufschieben, vor dem ich mich den ganzen Morgen gefürchtet hatte: Es hieß Abschied nehmen von Christina.

Sie hatte uns zwar geholfen auch noch den zusammengebauten Pavillon zum Auto zu tragen, doch nun standen wir auf dem Parkplatz, und sie würde sich auf den Weg zum Shuttlebus in Richtung Bahnhof Wiesenheim machen. Gerne hätte ich sie nach Hause gefahren oder zumindest bis zum Bahnhof, aber das Auto war nun einmal voll. Es half nichts, gleich würde sie bis auf weiteres und eventuell für immer aus meiner Nähe verschwinden. Wenn überhaupt, dann musste ich jetzt einen letzten Anlauf starten. Wenn es nicht klappte, dann müsste ich eben damit leben, dachte ich. Ich beschloss, es darauf ankommen zu lassen.

Sie schüttelte Thomas die linke Hand, drückte Matthias kurz und fiel sich mit Anna innig in die Arme. Die beiden flüsterten sich irgendetwas ins Ohr. Dann versprachen sie sich, demnächst zu telefonieren und sich so schnell wie möglich wieder zu treffen. Diesmal sollte Anna Christina besuchen. Der Letzte, von dem sie sich verabschieden musste, war ich. Offenbar war auch ihr die Situation irgendwie unangenehm.

„Mach's gut", sagte sie lapidar. Ich war enttäuscht.

„Kann ich dich mal anrufen?" fragte ich.

„Du hast meine Nummer doch gar nicht."

„Du ... könntest sie mir geben."

„Ich denke, das wird nicht nötig sein."

„Ich würde dir gerne noch das eine oder andere sagen."

„Dazu hattest du ein ganzes Wochenende lang Zeit. Was ist denn noch?"

„Ich denke, das weißt du."

„Und ich denke, dass du weißt, dass es da nichts zu bereden gibt."

„Christina ..."

„Tschüss."

Mit diesem Wort schulterte sie ihre Tasche, griff nach dem verpackten Zelt und machte sich von dannen. Ich sah ihr nach, traurig, enttäuscht und auch ein wenig erschöpft. Auf der anderen Seite aber auch zunehmend sauer. Warum, dachte ich, konnte sie mir nicht verzeihen, während sie sich mit ihrer Freundin, die ja an der ganzen Sache irgendwie auch beteiligt war, nach wie vor bestens verstand? Mit Anna verabredete sie sich, wollte mit ihr telefonieren – bei mir jedoch weigerte sie sich auch nur ihre Telefonnummer herauszurücken. Ich, so hatte sie gesagt, hätte sie betrogen, doch dazu gehörten doch zwei, oder? Wo war da eigentlich der Unterschied?

„Dann eben nicht", sagte ich, und ich war selbst ein wenig überrascht, wie hart das klang. „Los einsteigen, lasst uns fahren."

Wie auf der Hinfahrt quetschten wir uns in den Wagen. Matthias setzte sich neben mich auf den Beifahrersitz. Es gab dazu keine Diskussion, keine Ankündigung, keine Vereinbarung. Er schien sich ganz einfach nicht neben Anna auf die Rückbank setzen zu wollen. Warum er mich Anna vorzog, wusste ich nicht. Zwischen uns lagen nur Gangschaltung und Handbremse. Hinten bildeten hingegen zwei schlammverkrustete Reisetaschen eine undurchdringliche Barriere zwischen den Sitzplätzen. Und ganz wohl war mir auch nicht dabei, Matthias direkt neben mir zu haben. Immerhin machte er seit gestern permanent den Eindruck eines Vulkans – kurz vor dem Ausbruch.

Aber darüber konnte ich mir jetzt keine Gedanken machen. Christina hatte mir endgültig klargemacht, dass ich keine Chancen mehr bei ihr hatte. Das beschäftigte mich im Moment viel mehr – sogar so sehr, dass ich beinahe unbewusst den Zündschlüssel drehte und das unmittelbare Anspringen des Motors nahezu selbstverständlich hinnahm. Da ein Großteil der Festivalbesucher noch schlief, war noch vergleichsweise wenig Betrieb auf dem Parkplatz. Wenn alles gut lief, würden wir ohne Verkehrsbehinderungen durch den Abreiseverkehr zur Autobahn kommen und wären dann in absehbarer Zeit zu Hause. Etwas anderes wollte ich im Moment nicht. Einfach nur Ruhe. Ich ließ die Kupplung kommen und bog von der Wiese auf den Asphaltweg. Der Motor lief, das Auto rollte – auch wenn die Reifen auf dem nassen Gras kurz durchdrehten und ich für einen Moment Sorgen bekam, ich könnte den Wagen festfahren –, wir waren wieder unterwegs; und diesmal sollte es bitte möglichst schnell gehen.

Sonntag, 14. Juni, etwa halb zehn

Zumindest die Erwartung, dass wir so früh am Tage der großen Rückreisewelle zuvorkamen, schien aufzugehen. Ein letztes Mal rollten wir durch die Landschaft, die jetzt all ihre Herrlichkeit verloren hatte: Es regnete zwar nicht mehr, aber die dunklen Wolken hingen nach wie vor so tief, dass selbst die mäßig hohen Hügel in sie hineinragten. Die Fichten auf den Kämmen schienen sie wie gigantische, schmutzige Wattefetzen regelrecht festzuhalten. Da die Sonne sich schwertat, durch diese massive Wolkensperre hindurchzuscheinen, war es heute gar nicht richtig hell geworden. Ich drehte am Schalter für das Abblendlicht.

Eine Viertelstunde später erreichten wir die Autobahn. Auch dort herrschte am Sonntagmorgen wie erwartet kaum Verkehr. Ohne Lkw auf der rechten Spur flossen die wenigen Autos, die sich doch auf die Piste verirrt hatten, mit gleichmäßiger Geschwindigkeit gen Norden. Aus den Boxen im Armaturenbrett drang das ewiggleiche Programm des Deutschen Formatradios: In einer gefühlten Endlosschleife spielte ein lokaler Sender die schrecklich belanglose Popmusik, mit der geldgierige Plattenbosse ihre Kunden langweilten, Künstler verheizten und gerade dabei waren, die gesamte Musikindustrie mit Karacho an die Wand zu fahren, weil niemand mehr eine zweite Scheibe vom gestern noch unglaublich heißen Popsternchen kaufen wollte. Nichts war schließlich so kalt wie der Kaffee von gestern. Aber es war eben Musik, die man ignorieren konnte. Denn einerseits hatte ich eine gewisse Angst vor der Reaktion von Matthias, wenn ich ihn fragte, ob er wohl ein Tape aus dem Handschuhfach holen könnte. Auf der anderen Seite hatte ich Bedenken, dass ich die Musik, die jetzt gespielt werden würde, auf ewig mit dieser Fahrt verbinden könnte. Was gäbe es Furchtbareres, als immer, wenn ich eine meiner Lieblingsbands hörte, an diese Katastrophe zu denken?

Direkt nachdem ein Jingle zum etwa zwanzigsten Mal die *Top-Hits der Achtziger, Neunziger und das Heißeste von heute* angekündigt hatte, dröhnte ABBAs *When all is said and done* ins Auto. Schon wieder so eine schwedische Band, dachte ich. Aber war das tatsächlich ein Top-Hit aus den Achtzigern? Waren die nicht schon in den Siebzigern groß gewesen? Egal. Der Song passte jedenfalls ganz hervorragend und machte meine miese Stimmung noch ein wenig mieser. Zumindest diesen Song würde ich jetzt also als Andenken an Dangerbird mit nach Hause nehmen.

Sonntag, 14. Juni, gegen zwei

Wir kamen gut voran. Bis auf einen kleineren Stau vor einer Baustelle rollte der Verkehr. Vor uns lagen noch etwa zweihundert Kilometer, dann würden wir das Wochenende vergessen können. Allerdings hatten wir bis auf einen Toiletten- und Geldautomatenstopp an einer Raststätte noch keine Pause gemacht. Ich war danach weitergefahren, weil ich mich nicht getraut hatte, Matthias zu fragen, ob er jetzt mal übernehmen könne. Doch so langsam brauchte ich eine längere Pause. Außerdem merkte ich jetzt, dass ich den ganzen Tag noch nichts gegessen hatte und sich nun doch ein größeres Loch im Magen einstellte.

Vor einigen Jahren war ich mit meinen Eltern und meiner Schwester zum Wandern in dieser Gegend, es war einer der letzten klassischen Familienurlaube gewesen. Ich wusste noch, dass sich etwa zehn Kilometer von der Autobahn entfernt eine Pension befand. Anna und Thomas stimmten sofort zu, als ich vorschlug, dort eine Pause zu machen. Matthias nickte kaum merklich mit dem Kopf.

Die Pension hieß Zum braunen Hirschen und schmiegte sich an einen Berghang. Als ich auf die Einfahrt bog, machte das Haus einen wesentlich heruntergekommeneren Eindruck, als ich es in Erinnerung hatte. Aber wir wollten hier ja auch nicht einziehen, sondern nur eine Kleinigkeit essen.

Als wir den Braunen Hirschen betraten, grüßte uns eine übergewichtige Frau mit teigigem Gesicht von ihrem Ausguck hinter der Theke, indem sie den kleinen Finger der linken Hand, mit der sie eine Illustrierte hielt, nach Außen abstreckte. Sie hatte rosa lackierte Fingernägel. Der Gastraum war dekoriert mit hässlichen Zinntellern und tönernen Bierkrügen mit Scharnierdeckeln, die aussahen, als sei aus ihnen tatsächlich mal getrunken worden und als seien sie danach nie gespült worden. Dazu kamen die unvermeidlichen Geweihe, die auf Furnierplatten in der Form alter Ritterschilder genagelt waren. Neben der Tür hingen außerdem Urkunden der örtlichen Freiwilligen Feuerwehr, auf denen verschiedenen Nachwuchsbrandbekämpfern die erfolgreiche Teilnahme an diversen Übungen attestiert wurde. Darüber noch ein Foto der heimischen Fußballmannschaft, allerdings schon zwölf Jahre alt. Durch die stumpfen Fenster drang spärliches Licht in den Raum. Man konnte sich ausmalen, dass hier mal viel los gewesen war, dass die Pension sowohl Lebensmittelpunkt des Dorfes als auch beliebte Herberge für Auswärtige gewesen war. Jetzt allerdings hatte der Braune Hirsch ganz offensichtlich seine besten Zeiten hinter sich.

„Mein lieber Mann, was für eine Spelunke“, flüsterte Thomas. Doch ich war vergnügt wie schon seit zwei Tagen nicht mehr. Aus irgendeinem Grund fand ich diese Hütte wunderbar – und sei es auch nur aus dem einzigen perfiden Grund, dass die anderen so unzufrieden waren und die Nase rümpften.

„Was soll's denn sein?“ rief die dicke Wirtin durch den Raum, ohne ihren Platz zu verlassen.

„Würden Sie uns bitte die Karte bringen?“ fragte ich, während Anna mit dem Daumen über die Tischplatte wischte und damit eine Spur durch Staub und kaltes Fett zog.

„Ich glaube nicht, dass ich hier etwas essen will“, sagte sie leise. Die Wirtin setzte sich in Bewegung, raffte vier speckige

Speisekarten von einer Kommode neben der Theke und ließ sie knallend auf unseren Tisch fallen. Ihre offensive Unfreundlichkeit machte mir Spaß.

„Sülze ist alle", beschrieb sie die Engpässe im Angebot. „Und Fisch hab ich komplett gestrichen."

Die Pension hatte sich in unglaublich kurzer Zeit von einem florierenden Familienbetrieb in eine unterdurchschnittliche Absteige entwickelt. Verfall war eben überall. Thomas und ich bestellten Pommes und hofften insgeheim, dass das Fett in der Fritteuse noch nicht zu alt war. Anna verzichtete auf Essen und bestellte lediglich eine Cola Light. Matthias überlegte lange, dann entschied er sich, ganz einfach überhaupt nichts zu bestellen.

Ich merkte, dass Anna langsam ins Grübeln kam, ob sie die Sache tatsächlich einfach wieder einrenken ließ, wenn nur ein wenig Zeit verging. Matthias machte einen düsteren Eindruck, wirkte abwesend. Er konnte einem tatsächlich Angst machen. Vor allem aber musste man den Eindruck bekommen, dass er jederzeit wieder explodieren könnte.

„Pommes mit Mayo?" rief die Wirtin.

„Schranke", entgegnete Thomas. Wenige Minuten später stellte sie zwei übermäßig gesalzene Portionen auf den Tisch. Ich bemerkte meinen Hunger und griff zu.

Jetzt hätte ich gerne meine Ruhe gehabt, ganz allein mit mir und meiner Portion Pommes. Die Wirtin jedoch blieb am Tisch und fragte, wo wir eigentlich herkämen. Es war ganz wohl keine Alltäglichkeit, dass sich vier Menschen Anfang zwanzig in diesen Schuppen verirrten, zudem nicht nur mit dreckigen Fingernägeln – das wäre ja eventuell noch zu übersehen gewesen –, sondern auch mit Matschspuren an der Hose und ausgestattet mit Platzwunden, einem schwer lädierten Arm und Augenringen wie bei Vampiren. Lediglich Anna machte einen halbwegs gepflegten Eindruck.

Wir klärten sie über unsere Reiseroute auf. Zwar machte sie nicht den Eindruck, als könne sie mit dem Begriff Festival irgendetwas anfangen – aber sie taute jetzt langsam ein wenig auf und wirkte plötzlich wesentlich freundlicher. Sie spielte nicht mehr die mürrische Alte, sondern eine Art interessierte Herbergsmutter. Dann erzählte sie uns, dass vor drei Jahren ihr Mann gestorben sei. Seitdem führe sie das Haus ganz allein, ein schwieriges Unterfangen, immer am Rande der Pleite. Ich verstand langsam, was hier los war. Seit der ehemalige Chef tot war, ging es mit dem Braunen Hirschen bergab. Sie erklärte, dass sie sich Mühe gebe, dass es aber *gerade in diesen Zeiten* ja nicht einfach sei. Ich überlegte, welche Zeiten sie damit genau meinen könnte. Allerdings fiel durchaus auf, dass wir die einzigen Gäste waren – und das an einem Sonntagmittag, wenn normalerweise Familien zusammen Ausflüge unternahmen und irgendwo essen gingen.

Urplötzlich drängte Matthias zum Aufbruch. Er hatte die gesamte Zeit, die wir in der Gaststätte verbracht hatten, praktisch kein Wort gesagt. Daher kam seine Ankündigung, jetzt unbedingt nach Hause zu wollen, fast so überraschend wie sein Angebot, die letzten Kilometer auch zu fahren.

Ich schob mir die letzten Pommes in den Mund. Dann zahlte ich, und zwar die gesamte Rechnung plus eines freundlichen Trinkgeldes – schließlich hatte ich gerade meine Bargeldbestände aufmunitioniert. Jetzt war ich allerdings schon fast wieder blank. Wir standen auf, verabschiedeten uns und gingen nach draußen. Als wir uns alle in den Wagen gezwängt hatten, drehte Matthias am Zündschlüssel. Und wie schon auf der Anreise tat sich absolut gar nichts.

„Scheiße“, brauste er auf. „Das hat gerade noch gefehlt.“

„Lass mich doch mal versuchen“, probierte ich ihn zu besänftigen. Doch er stieß die Tür auf und sprang aus dem Wagen.

„Jetzt mache ich es einfach“, schnaubte er.

„Was?“ rief ich hinter ihm her und versuchte, ebenfalls auszusteigen, was aufgrund einer Reisetasche zwischen meinen Füßen und einem Schlafsack auf meinem Schoß schwierig war.

„Du hast doch gesagt, was immer funktioniert“, presste er hervor. Und mit diesen Worten trat er mit voller Wucht von vorne gegen die Stoßstange. Dabei hatte er einen Gesichtsausdruck wie Michael Ballack bei einem finalen Freistoß.

Nun war ich wirklich sauer. Und auch in Sorge um mein Auto. Matthias stand vor der Motorhaube und schien mich ganz ruhig zu erwarten. Wutentbrannt stürmte ich auf ihn zu und stieß ihn mit beiden Händen vor die Brust.

„Bist du bescheuert?“ herrschte ich ihn an.

„Du kannst mich mal“, gab er zurück.

„Was kann ich dich denn mal?“

„Was willst du denn?“

Ich schubste ihn noch einmal. Daraufhin packte er mich in Kragenhöhe am T-Shirt und drängte mich nach hinten. Gerade holte er aus, da kam eine Stimme aus dem Auto. Es war Anna.

„Sofort aufhören!“ Sie stieg ebenfalls umständlich aus und kam auf uns zu. Matthias hielt mich noch immer gepackt. „Ihr seid doch total bekloppt“, schrie sie. „Wenn ihr nicht gleich wieder vernünftig werdet, dann ...“, sie stockte, „dann weiß ich auch nicht.“ Und dann zu Matthias und eindringlicher, als ich es jemals für möglich gehalten hätte: „Und jetzt lass ihn los.“

„Wunderbar“, sagte er, während er mich mit aus seinem Griff entließ. „Du bist also wie immer auf seiner Seite.“

„Ich bin auf gar keiner Seite“, sagte Anna. „Ich will nur nicht, dass ihr euch die Schädel einschlagt. Ist das dann zu viel verlangt?“

In dieser Sekunde kam auch Thomas aus dem Wagen. Gehandicapt wie er war, hatte er dafür am längsten gebraucht. Jetzt nahm er wieder die alte, erprobte Rolle des weisen Streitschlichters ein.

„Was ist denn nun mit dem Auto?“ fragte er. Irgendetwas musste in seiner Stimme sein, das Aggressionen minderte. Ob er unser Unterbewusstsein ansprach? Ob es mit dem ruhigen Klang zu tun hatte? Ich wusste es nicht. Allerdings ließ seine simple Frage uns augenblicklich wieder zur Ruhe kommen. Und sie lenkte unsere Aufmerksamkeit zurück auf das eigentliche Problem: Das Auto ließ sich nicht starten.

Ich setzte mich auf den Fahrersitz und probierte es erneut. Nichts. Irgendwo aus den Tiefen des Motorraums hörte man zwar ein seltsames Klicken – aber das war es. Mehr war nicht zu erreichen.

„Und jetzt?“ fragte ich.

„Keine Ahnung“, sagte Thomas. Plötzlich kam die Wirtin aus dem Haus. Offenbar war sie von unserer Auseinandersetzung aufgeschreckt worden.

„Gibt's Probleme?“ fragte sie.

„Der Wagen springt nicht an“, erklärte ich.

„Och, wenn es weiter nichts ist“, sagte sie. „Mein Bruder ist Automechaniker. Ich rufe gleich mal an, dann kommt er noch vorbei.“

„Na, Gott sei Dank“, meinte Matthias, „vielleicht kommen wir ja doch noch irgendwie nach Hause.“

Sonntag, 14. Juni, gegen vier

Es dauerte eine Weile, bis der Bruder der Wirtin mit seinem Kombi auf den Hof gefahren kam und sich mit dem Namen Wagner vorstellte. Er erklärte, dass er gerade beim Kaffeetrinken war, beschrieb den dort gegessenen Selbstgebackenen und erkundigte sich dann, wo das Problem läge. Als er hörte, worum es ging, erklärte er, da müsse er einen genaueren Blick riskieren. Er würde den Wagen jetzt in seine Werkstatt abschleppen. Wir sollten doch das Gepäck kurz abstellen, schließlich könnten wir es auf dem Rückweg wieder abholen, und der Wagen wäre dann zum Abschleppen nicht so schwer. Irgendwie klang das plausibel.

Wir wuchteten also unsere Taschen, die Zelte und Schlafsäcke von der Rückbank und aus dem Fuß- und Kofferraum hinaus und stellten sie in die Einfahrt. Anna, Matthias und Thomas gingen wieder nach drinnen, um dort auf meine Rückkehr zu warten. Ich hängte den Karabinerhaken des Abschleppseils in die Öse unter der Stoßstange, wobei mir auffiel, dass Matthias für eine ordentliche Beule gesorgt hatte. Verärgert nahm ich hinter dem Steuer Platz und nahm den Gang heraus. Herr Wagner gab mir ein Zeichen, startete seinen Kombi und rollte langsam vom Hof. Ein kurzer Ruck ging durch meinen Wagen, dann rollte ich Herrn Wagner in überraschend kurzem Abstand hinterher.

Nach etwa einer Viertelstunde, in der ich ihm an zwei roten Ampeln beinahe ins Heck gerauscht war, erreichten wir die Werkstatt. Sie bestand im Wesentlichen aus einer großen Garage, die direkt an ein Fachwerk-Wohnhaus anschloss. Wir lösten das Seil zwischen den Autos und schoben meinen Wagen über eine Fahrzeuggrube, in der Herr Wagner mit einer hellen Handlampe verschwand. Ich ging in der Werkstatt auf und ab und besah die Unmengen an Ersatzteilen, die Herr Wagner in allerlei kleinen Kästchen in Regalen entlang der Wände aufbewahrte. Die meisten waren ölverschmiert und offensichtlich aus Altautos ausgebaut worden.

Nachdem einige Minuten vergangen waren, hörte man ihn in der Grube Kommentare wie *hab ich mir es doch gedacht* und *ja klar* murmeln. Dann kam er wieder zum Vorschein.

„Der Anlasser“, sagte er und strich sich mit dem Daumen über seinen Schnauzbart. „Das Starterritzel ist abgenutzt“, erklärte er. Ich verstand nicht. „Im Anlasser ist ein kleines Zahnrad. Das greift nicht mehr richtig.“

Ich hatte zwar keine Ahnung, worum es da genau gehen sollte, aber ich verstand zumindest halbwegs, wo das Problem lag:

Wenn ein Zahnrad nicht mehr griff, dann konnte es nichts antreiben, dann war das so ähnlich, als wenn beim Fahrrad die Kette abgesprungen war oder eine Uhr die Zeiger nicht mehr bewegen konnte. Ich wusste zwar nicht, was das mit dem Anlasser zu tun haben sollte, aber dass das Auto so nicht funktionieren konnte, war schon einleuchtend.

„Können Sie das reparieren?“ fragte ich.

„Kann ich“, sagte Herr Wagner. „Allerdings nicht mehr heute Nachmittag.“

„Was?“

„Unmöglich. Es ist Sonntag.“

„Und?“

„Ich brauche dafür ein neues Ritzel. Und das kann ich heute zwar telefonisch bestellen – geliefert wird es aber erst morgen.“ Ich blickte an den Regalreihen entlang, und er schien zu erraten, was ich dachte. „Tut mir leid, Junge“, sagte er. „Ihr könnt doch einfach eine Nacht im Braunen Hirschen schlafen, und morgen mache ich deinen Wagen fertig.“ Mir drängte sich ein Verdacht auf. Aber ich hielt lieber die Klappe. Wir waren schließlich auf den Mann angewiesen. „Pass auf“, sagte Herr Wagner, „ich fahre dich jetzt zu deinen Freunden – und Gertrud macht euch bestimmt auch einen guten Preis.“

Mein Verdacht schien sich zu erhärten. Außerdem fragte ich mich, ob *meine Freunde* überhaupt noch meine Freunde waren. Und ob sie es nicht noch viel weniger sein würden, wenn ich ihnen mit der Notwendigkeit einer Übernachtung im Braunen Hirschen käme – eine Befürchtung, die sich als absolut begründet herausstellte.

Sonntag, 14. Juni, früher Abend

„Wir sollen was?“ fragte Anna entgeistert, als ich den anderen nach meiner Rückkehr den notwendig gewordenen Aufschub erklärte.

„Das schieben die doch nur vor“, giftete Matthias. „Der könnte die Kiste doch jederzeit wieder flottmachen. Die wollen doch nur, dass wir denen hier eine Nacht in ihrem Loch bezahlen.“ Matthias hatte also denselben Verdacht wie ich.

„Gertrud macht uns einen guten Preis“, versuchte ich die Lage zu beruhigen.

„Gertrud?“ fragte Matthias.

„Die Wirtin.“

„Gertrud?“

„Ja.“

„Du weißt, wie die alte Kuh mit Vornamen heißt?“

„Hat mir Herr Wagner gesagt.“

„Du hast dich ja vorhin schon ganz super mit der Hexe verstanden. Habt ihr das zusammen ausgeheckt?“

„Wieso sollte ich das denn tun? Glaubst du vielleicht, ich will nicht nach Hause?“

„Keine Ahnung. Fakt ist: Deine Mühle ist im Eimer – und wenn wir hier nicht angehalten hätten, hätte niemand das Auto ausgemacht, wir hätten es nicht wieder starten müssen, und wir wären längst daheim.“

„Ich brauchte nun mal eine Pause. Wenn du vielleicht auch mal gefahren wärst ...“

„Dann wäre alles ganz reibungslos verlaufen, klar.“

„Stopp“, ging Anna dazwischen. „Nicht schon wieder.“

„Ach ja, typisch“, sagte Matthias. „Und wieder auf seiner Seite.“

„Ich bin überhaupt nichts“, sagte Anna. Thomas wollte ebenfalls etwas sagen, doch Matthias kam ihm zuvor.

„Also eins ist zumindest klar“, sagte er, „ich will meine Ruhe haben. Und das bedeutet, mit den beiden teile ich mir auf jeden Fall kein Zimmer.“ Er zeigte auf Anna und mich. „Das gibt nur Ärger.“

„Und wie sollen wir die Zimmer stattdessen aufteilen?“ fragte Anna.

„Ganz einfach: Ihr habt euch ja schon das Zelt geteilt, also könnt ihr euch auch das Zimmer teilen, oder?“

„Vielleicht ist das sogar tatsächlich das Beste“, schaltete sich Thomas ein. „Ein wenig Abstand zwischen den Streithähnen wird sicher gut tun.“

Ich war mir da nicht ganz so sicher. Aber ich hielt es auch für unklug, jetzt darüber mit Matthias zu diskutieren.

Sonntag, 14. Juni, gegen zehn

Einige Stunden später lag ich auf dem Bett und blätterte, da der Receiver für das Satellitenfernsehen kaputt war, gedankenverloren in einer Bibel, die ich im Nachtschränkchen gefunden hatte –, und ich langweilte mich.

Nachmittag und Abend waren bislang ereignislos, aber trotzdem angespannt verlaufen. Ich hatte einen Spaziergang durch das Dorf gemacht, hatte mir die Kirche und den Friedhof angesehen und dann mit Thomas zwei Bier bei Gertrud an der Theke getrunken. Während ich keinen Appetit mehr hatte, bestellte sich Thomas eine Currywurst mit einer weiteren Portion Pommes. Die Currysoße hatte einige seltsam dunkel verfärbte Stellen, was ihn aber nicht weiter zu stören schien.

Für die Zimmer hatte uns Gertrud alles andere als einen guten Preis gemacht – dafür hatten sich die Räume im ersten Stock aber als ähnlich schäbig wie der Gastraum erwiesen. Was unter dem Bett alles herumlag und gegebenenfalls vor sich hin lebte, wollte ich gar nicht so genau wissen. Aber ich war im Großen und Ganzen zufrieden. Bei den anderen sah das allerdings nicht ganz so aus. Thomas litt unter seiner eingeschränkten Bewegungsfreiheit. Matthias und Anna hatten seit dem frühen Nachmittag versucht, sich gegenseitig aus dem Weg zu gehen, was schwierig gewesen war, da es wieder angefangen hatte, kräftig zu regnen und wir somit ab dem Abend mit den Räumlichkeiten des Braunen Hirschen vorliebnehmen mussten.

Während Anna im Gastraum in einer alten Illustrierten herumgeblättert und versucht hatte, einen Cappuccino von Gertrud zu trinken, den sie dann aber hatte kalt werden lassen, hatte sich Matthias aufs Zimmer zurückgezogen und sah fern. Bei Thomas und ihm funktionierte der Satelliten-Receiver nämlich ohne Probleme.

Ich war nach dem zweiten Bier auch nach oben gegangen und hatte ihn mit einem Herrengedeck an der Theke zurückgelassen. Ich hatte mich in die schimmelfleckige Dusche gestellt und unter spärlich laufendem Wasser eher schlecht als recht versucht, Dreck und Schweiß der letzten Tage von der Haut und aus den Haaren zu spülen. Dann hatte ich mir ein Paar – zugegebenermaßen hässliche – Bermudashorts angezogen, die allerdings die einzigen noch nicht dreckigen Hosen in meinem Gepäck waren. Und nun ließ ich einfach meine Gedanken im Leerlauf kreisen und überflog Passagen der Heiligen Schrift.

Anna war ebenfalls nach oben gekommen und hatte sich nach mir ins Bad verzogen. Die Zeit schmolz dahin. Da zwar der Receiver kaputt war, nicht jedoch die Digitaluhr in seinem Display, sah ich wie automatisch beinahe jede Minute zur Uhr. Auf was ich dabei wartete, wusste ich nicht genau. Wahrscheinlich einfach nur darauf, dass irgendwie die Zeit verging. Um zu schlafen, war es noch ein wenig zu früh, aber eigentlich war mit diesem Tag ohnehin nichts mehr anzufangen. Wenig später hörte ich das Plätschern der Dusche. Und nach einer Weile mischte sich unter das Tropfen des Wassers ein ersticktes Schluchzen. Anna hatte die letzten Tage mit stoischer Gelassenheit und unbändigem Trotz ertragen. Aber nun schien sie ganz einfach am Ende ihrer Kraft. Das Schluchzen wurde lauter, auch wenn sie es offensichtlich zu unterdrücken versuchte.

Verdammt, dachte ich. Einerseits fühlte ich mich irgendwie schuldig – andererseits wollte ich das nicht hören, konnte das jetzt nicht ertragen. Und auch wenn ich mir dabei mies vorkam, fischte ich die Ohrstöpsel, die ich beim Dangerbird bei besonders lauten Bands getragen hatte, aus meiner Jacke und drückte sie mir in die Gehörgänge. Augenblicklich war Ruhe, nur noch ein leises Rauschen im Hintergrund ließ sich vernehmen. Unterdessen lag ich weiter auf dem Bett und blätterte durch das Buch der Bücher. Endlich hatte ich die Stelle gefunden, die ich gesucht hatte. Gedankenverloren las ich vom Schicksal des armen Lot.

Dass das Wasser der Dusche aufgehört hatte zu laufen, bekam ich nicht mit. Auch nicht, dass Anna das Bad verlassen hatte. Doch plötzlich stand sie vor dem Bett. Und ich verschluckte mich: Sie trug absolut nichts außer einem weißen Slip. Das Haar hing ihr gekämmt über die Schultern. Ihre Augen waren rot, und sie schien vollkommen aufgewühlt.

„Äh, Anna", stammelte ich, ließ unvermittelt das Buch sinken und fummelte das Ohropax aus den Ohren.

„Matthias ist doch so ein Idiot", sagte sie mit erstickter Stimme. Bei dem Anblick, den sie gerade bot, konnte man ihr eigentlich nur zustimmen. Trotzdem biss ich mir auf die Zunge. „Das hier kennst du ja schon", sagte sie und strich sich mit der linken Hand über den Oberkörper, „und das hier ist der Rest." Mit diesen Worten ließ sie das Höschen auf ihre Knöchel gleiten. Oder besser: Sie versuchte es. Denn da das Kleidungsstück ziemlich eng war und nicht eben gleiten wollte, musste sie in einer seltsamen Verrenkung recht deutlich nachhelfen. Was sie da trieb, sollte zweifellos lasziv und verführerisch wirken – tat es aber nicht. Es war eher unfreiwillig komisch.

Aber natürlich trotzdem ungemein spannend. Automatisch wanderte mein Blick zu der nun bloßgelegten Körperstelle. Was hier gerade passierte, war die mit Abstand skurrilste Situation, die ich jemals erlebt hatte. Mir wurde heiß. Ich wusste zwar nicht, was sie unter der Dusche ausgeheckt hatte, aber ich konnte mir ungefähr denken, was sie vorhatte: Sie wollte Matthias gewissermaßen die Pistole auf die Brust setzen, wollte ihm demonstrieren, dass sie, wenn er sich nicht mit ihr aussöhnen wollte, auch gut ohne ihn klarkam. Ja, sie hoffte, dass er zu ihr zurückkehrte, wenn er einsehen musste, dass sie sich ohne Umschweife neu orientierte. Sie wollte seiner Wut und seinem Ärger noch eine Portion Eifersucht an die Hand geben. Oder seiner vorhandenen Eifersucht zumindest einen triftigen Grund.

„Das ist eine bescheuerte Idee", sagte ich.

„Wieso? Musst du dich wieder übergeben?"

„Nein, bestimmt nicht", sagte ich und musste lächeln. Mit einer flinken Bewegung schlüpfte sie auf die Matratze und schmiegte sich an mich wie ein kleines Kätzchen. „Trotzdem ist das eine bescheuerte Idee." Ich wusste, dass sie sich in einer emotionalen Ausnahmesituation befand und dass sie das, was hier gerade geschah, wahrscheinlich schon morgen bedauern würde. Und ich wusste, dass ich sie jetzt eigentlich zu unser beider Wohl entschieden zurückweisen musste; genau wie sie mich gestern Morgen im Zelt zu unser beider Wohl hätte zurückweisen müssen. Zur Not hätte ich sie wegstoßen müssen – aber das wurde jetzt schwierig, da sie sich an meinem Ohrläppchen festgebissen hatte.

„Schhhhh", zischte sie. Mein Widerstand schwand. Ich roch den Duft des Shampoos in ihren Haaren.

„Das sollten wir nicht tun", flüsterte ich, während ich mich ihr zuwandte, Bedenken beiseite und meine linke Hand dorthin schob, wo ich Anna im Zelt noch nicht gewagt hätte zu berühren.

„Was?" hauchte sie und bahnte sich mit ihrer Rechten einen Weg von unten durch die Beinöffnung der Bermudas nach oben.

„Das hier", sagte ich, legte ihr den rechten Arm um die Schulter, umfasste eine Handvoll Brust und beschrieb mit der linken Hand Eiskunstlauffiguren auf einem spiegelglatten Venushügel. Sie erreichte unterdessen ihr Ziel im Zentrum der Bermudas. Ich entspannte mich.

Und genau in diesem Moment ging die Tür auf.

„Anna, ich ...“, sagte Matthias, der ins Zimmer gestolpert kam und den Eindruck machte, als wollte er sich gerade für irgendwas entschuldigen, dann jedoch jäh innehielt, als er das sich bietende Schauspiel sah. Seine Freundin zog blitzschnell ihre Hand zurück, drehte sich auf den Bauch und versuchte – weitgehend vergeblich – dadurch ihre Blöße zu verdecken. Matthias verschlug es die Sprache. Anna hatte durch die Drehung meine linke Hand quasi eingefangen, und ich zog sie nun langsam unter ihr hervor.

„Das ... glaube ... ich ... jetzt ... ja ... nicht“, brachte Matthias heraus.

„Ich habe doch gleich gesagt“, sagte ich zu Anna, „dass das eine bescheuerte Idee ist.“ Dass sie sich auf den Bauch gedreht hatte, wertete ich als ganz deutliches Zurückrudern von allen abwegigen Ideen, die sie gehabt haben mochte. Was auch immer sie Matthias mit diesem Vorstoß hatte demonstrieren wollen – ihr Rücken war es ja wohl nicht. Ich selbst war mir keiner Schuld bewusst. Schließlich war jegliche Initiative von ihr ausgegangen, fand ich.

„Eine ... bescheuerte ... Idee?“ stammelte Matthias, der viel zu überrascht war, um richtig aufzubrausen. „Da lasse ich euch zehn Minuten allein und ...“

Wie um unsere Gruppe komplett zu machen, erschien nun auch noch Thomas im Türrahmen. Er kam offensichtlich direkt von unten aus dem Gastraum, die offene Zimmertür hatte seine Aufmerksamkeit erregt – und nun stand er wie plötzlich festgenagelt in der Tür und starrte mit hochgezogenen Augenbrauen auf Annas unverhüllten Po.

„Hättet ihr“, nuschelte sie aufgrund ihrer Liegeposition ins Kopfkissen, so dass sie kaum zu verstehen war, „nicht anklopfen können.“

Es war unglaublich: Matthias sprachlos konsterniert, Thomas angewurzelt gaffend, Anna bäuchlings und nackt neben mir.

Und ich musste lachen. Es brach einfach so aus mir heraus. Ich bekam einen regelrechten Lachkrampf, drehte mich auf die Seite, zog die Beine an und hielt mir den Bauch. Ich kriegte mich gar nicht wieder ein. Es schüttelte mich. Aus dem Augenwinkel bekam ich mit, dass Thomas Matthias kopfschüttelnd aus dem Raum und Anna sich die Bettdecke über den Kopf zog.

Nach einer Weile, als ich mich wieder gefasst hatte, stand ich auf, zog mir ein T-Shirt über und verließ das Zimmer nach unten in Richtung Gastraum. Anna blickte mir fragend nach. Im Erdgeschoss hatte Gertrud den Betrieb eingestellt. Die Kneipe war geschlossen und dunkel. Es war niemand mehr zu hören oder zu sehen. Aber wir waren ja ohnehin die einzigen Gäste gewesen. Auf einer Eckbank streckte ich mich aus – und umgeben von dem Geruch nach kaltem Rauch und schalem Bier schlief ich ein.

Montag, 15. Juni, früher Morgen

Ich wachte wieder auf, als ich Gertrud hinter dem Tresen herumwerkeln hörte. Sie klapperte mit Besteck und Tellern herum. Durch die Fenster konnte man erahnen, dass sich draußen die Sonne bemühte, aufzugehen. Der Raum hier drinnen war allerdings vom Neonlicht erhellt, das in grünen Lampen über den einzelnen Tischen hing.

„Gibt gleich Frühstück“, sagte sie. Offenbar ignorierte sie einfach die eigentlich bemerkenswerte Situation, dass einer ihrer Gäste auf einer Bank geschlafen hatte, statt oben in den warmen Federn. Ich hob den Kopf und sah, wie sie kleine Plastikportionen Konfitüre auf einem Teller anrichtete. In der Ecke gurgelte eine offenbar schwerstens verkalkte Kaffeemaschine. Ich ließ meinen Blick durch den Raum gleiten und entdeckte überrascht, dass zwei Tische weiter Thomas saß und mich unverwandt anblickte.

„Auch schon wach?“ fragte ich und rieb mir die Augen.

„Konnte nicht mehr schlafen“, sagte er ansatzlos. Und dann nach einer kurzen Pause: „Du bist wohl komplett verrückt geworden.“

„Hmm?“

„Was sollte das denn, gestern Abend?“

„Ich habe doch gar nichts gemacht.“

„Das hat aber Matthias vollkommen anders gesehen. Und ich auch.“

„Sie hat angefangen.“

„Was spielt das für eine Rolle? Du hättest nicht darauf eingehen müssen.“

„Glaub mir, das hättest du auch gemacht.“ Zum ersten Mal schien er den Bruchteil einer Sekunde zu grübeln. Wissend lächelte ich ihn an.

„Erzähl doch keinen Mist“, entgegnete er. Er hatte gesehen, dass ich seinen Gedanken erraten hatte. Und er hatte unmittelbar erkannt, dass dieser Gedanke nichts mit der gestrigen Situation zu tun hatte und ich lediglich ablenken wollte. „Du weißt ganz genau, dass du da die Situation ausgenutzt hast“, schob er nach und rückte damit die Verhältnisse wieder gerade. Natürlich wusste ich, dass ich einen Fehler gemacht hatte. Aber das konnte ich jetzt unmöglich zugeben.

„Sie hat aber angefangen!“ Was ich hervorbrachte, klang wie die Verteidigung eines Grundschulkindes, das sich auf dem Hof geprügelt hat.

Gertrud tat die ganze Zeit so, als hörte sie unser Gespräch nicht – und vielleicht tat sie das tatsächlich nicht. Doch jetzt unterbrach sie die Unterhaltung, indem sie eine Thermoskanne Kaffee und zwei Tassen auf den Tisch stellte, an dem Thomas saß. Umständlich richtete ich mich auf, streckte die in der Nacht eingeknickten Gelenke und ging hinüber. Dort setzte ich mich auf einen Stuhl und goss mir eine Tasse ein.

„Du bist ein selbstgefälliges Arschloch“, sagte Thomas nach der Gesprächspause.

„Vielleicht ...“, setzte ich an, überlegte es mir dann jedoch anders und betonte noch einmal: „*Sie* hat angefangen.“

„Und weißt du, was das Schlimmste ist?“ fragte Thomas.

„Was?“

„Dass du nicht einmal merkst, wie du deine Freunde permanent vor den Kopf stößt.“

Montag, 15. Juni, vormittags

Thomas’ letzter Satz hallte unangenehm nach. Weitgehend ohne Appetit aß ich ein trockenes Brötchen. Thomas hingegen haute trotz des freudlosen Frühstücks vergleichsweise rein.

Matthias, der als Nächstes an den Tisch kam, aß hingegen gar nichts. Genau wie gestern Abend schien er irgendwie weggetreten, als hätte der Blick in das Zimmer ihn in einen unsichtbaren Mahlstrom hineingezogen, aus dem er nun nicht wieder hinausfand. Er zeigte keine offenen Aggressionen mehr, keine Eifersucht, nur noch Teilnahmslosigkeit und abgrundtiefe, endgültige Resignation. Er tat so, als existierte ich gar nicht mehr. Er sprach weder mit mir, noch über mich, noch sah er überhaupt in meine Richtung.

Anna war bislang noch gar nicht aus dem Zimmer gekommen, das zwischenzeitlich auch meines gewesen war. Doch nun erinnerte uns Gertrud daran, dass die Räume bis zehn Uhr geräumt sein mussten.

„Sicher wollen Sie sie direkt weitervermieten?“ sagte Thomas. Gertrud überhörte die Spitze und verwies darauf, dass um zehn Uhr die Putzfrau käme.

„Putzfrau?“ flüsterte ich.

„Jemand muss Anna holen“, sagte Thomas.

„Mach doch“, entgegnete Matthias und schob ein Brötchen, das er eben erst auf seinen Teller gelegt hatte, zurück in den

Korb in der Mitte des Tisches. Ich las angestrengt in den Feuerwehrurkunden an der Wand. Thomas seufzte.

„Wisst ihr was?“ fragte er. „Ich hätte vor einer halben Stunde anfangen müssen zu arbeiten. Das geht erstens nicht, weil wir in diesem Kaff festsitzen – und es geht zweitens sowieso nicht, weil mir jemand den Arm ausgekugelt hat.“ Dass es in der Welt da draußen noch so etwas wie geregelte Arbeit gab und dass einer von uns dieser nachging, hatte ich über das Wochenende komplett verdrängt. Auch dass Thomas sich vermutlich einige Wochen krankschreiben lassen musste, fiel mir tatsächlich erst in diesem Moment auf. Ich selbst hätte in zwei Stunden eigentlich auch ein Seminar in der Uni gehabt. „Und trotzdem“, fuhr Thomas fort, „mache ich hier nichts anderes als die verfluchten Scherben zusammenzufegen, die andere hinterlassen haben.“

Damit stand er auf und ging nach oben. Es dauerte einige Minuten, bis er zurückkam, aber er hatte Anna im Schlepptau. Beinahe widerwillig ging sie hinter Thomas her, ließ sich von ihm an der Hand durch den Raum ziehen. Ich blickte interessiert auf. Sie sah aus wie ein Zombie, stand dem Anblick von Matthias am gestrigen Morgen kaum nach. Allerdings hatte sie das vollkommen ohne Alkohol geschafft: Ihre Augen waren rot und lagen in tiefen Höhlen, ihre Haare waren strähnig, und die Arme hingen schlaff am Körper herab. Zumindest passte sie jetzt ins Gesamtbild unserer Gruppe.

Thomas ging ein weiteres Mal nach oben und holte Annas Gepäck. Dann klingelte das Telefon, und Gertrud klärte uns darüber auf, dass ihr Bruder, den sie seltsamer Weise ebenfalls *Herrn Wagner* nannte, bereits auf dem Weg sei. Er würde mich abholen, und ich könnte dann mit dem eigenen Wagen zurückkommen. Die Reparatur sei abgeschlossen.

Schnell holte ich mein Gepäck von oben und zahlte das Zimmer mit Karte. Insgeheim hoffte ich, dass das Konto noch ausreichend gedeckt war. Dann öffnete sich die Eingangstür, und Herr Wagner trat ein. Zum Glück, dachte ich, ging dieser Alptraum langsam einem Ende entgegen.

„Und, schöne Nacht gehabt?“ fragte er, als wir in seinem Kombi in Richtung Werkstatt fuhren.

„Ging so“, antwortete ich.

Montag, 15. Juni, später Vormittag

Als ich mit repariertem Wagen zurück auf den Hof des Braunen Hirschen bog, standen dort aufgereiht die drei anderen. Reisetaschen, Zelte und weiteres Gepäck lag neben ihnen ausgebreitet vor dem Eingang. Ein letztes Mal setzte die geschäftsmäßige Routine des Beladens ein.

Mit Herrn Wagner hatte es Probleme gegeben. Er akzeptierte kein Plastikgeld, wollte ausschließlich Bares. Als ich ihm erklärte, dass ich die geforderte Summe nicht dabei habe, hatte er mich erst nicht gehen lassen wollen, drohte mit der Polizei, besann sich dann darauf, dass die Polizei ihm nicht weiterhelfen würde und forderte meinen Führerschein als Pfand. Ich sollte ihm das Geld schicken, dann würde er mir meinen Führerschein nachsenden. Widerstrebend willigte ich ein. Mir fiel keine bessere Lösung ein. Es waren schließlich nur noch zweihundert Kilometer.

Ich verzichtete allerdings darauf, den anderen diese Geschichte zu erzählen, selbst als sie mich fragten, wo ich denn so lange geblieben sei. Ich hatte keine Lust mehr auf skurrile Geschichten und seltsame Erlebnisse. Was auf der Hinfahrt vielleicht noch zu einem Lacher getaugt hätte, war jetzt nur noch purer Stress.

Nahezu ohne dass ein weiteres Wort gesprochen wurde, rollten wir dahin. Und dann, nach etwa zwei Stunden, war es geschafft: Ich ordnete mich nach rechts ein, bog in eine Zufahrtstraße und erreichte dann den Ostring. Von hier aus waren es noch einmal zwei Minuten in die Emdener Straße, wo Anna und

Matthias wohnten – zum Glück in unterschiedlichen Stockwerken.

Ich parkte auf dem Bürgersteig, und sie stiegen aus. Das Gepäck wurde neben das Auto gestellt. Als ihre Siebensachen entladen waren, mussten wir uns noch verabschieden, es ging nicht anders. Und das war nun irgendwie noch unangenehmer, als es gestern mit Christina gewesen war, denn es geschah beinahe emotionslos. Zumindest ließen sich keine Emotionen erkennen. Anna sagte zwar tonlos *tschüss*, jedoch gab es kein *mach's gut*, kein *komm gut nach Hause* und erst recht kein *bis bald.* Lediglich eine kurze, kraftlose Umarmung. Immerhin. Matthias sagte gar nichts. Er drückte mir die Hand und nickte mir zu.

Dann fuhr ich Thomas nach Hause. Auch hier parkte ich auf dem Bürgersteig, half ihm sogar, seine Tasche nach oben zu tragen. Irgendwie war ich ihm das ja schuldig, nach all dem Mist.

„Auf eins kannst du dich verlassen", gab er mir als Verabschiedung mit auf den Weg, „*ich* bin mit diesen Festivals durch. Das werde ich bis an mein Lebensende nicht mehr brauchen." Und dann noch ein wenig eindringlicher: „Und *du* musst mal ein wenig über dich nachdenken."

Montag, 15. Juni, kurz vor halb drei

Als ich nach Hause kam, stiefelte ich matt die Stufen nach oben. Ich klaubte die verschwitzten und schlammbespritzten Kleider aus der Tasche und stopfte sie in die Waschmaschine. Dann ging ich noch einmal hinaus. Die Wolken waren zwar dunkel, aber es war trocken und machte nicht den Eindruck, als würde es in der nächsten Zeit regnen. Also kaufte ich mir an der Ecke ein Schafskäse-Börek, setzte mich wie am Mittwoch auf die Bank und tat, wie Thomas mir geheißen: Ich dachte nach.

Offensichtlich hatte ich über das Wochenende ganze Arbeit geleistet. Wir waren gutgelaunt losgefahren, ich hatte mich noch gefreut, mit meinen besten Freunden unterwegs zu sein; wir wollten gemeinsam Abenteuer erleben. Und es hatte auch alles wunderbar begonnen. Doch dann hatte ich mit einem Feldzug gegen alle Regeln das Traumhaus zum Einsturz gebracht. Ich hatte mich verliebt und dann in einem Atemzug Christinas Zuneigung verspielt und mit Anna und Matthias ein glückliches Paar auseinandergebracht. Ich hatte meinen besten Freund – so war es wohl – mit seiner Freundin betrogen. Ich hatte Thomas – und sei es bei dem Versuch passiert, ihm zu helfen – den Arm ausgekugelt, ihn arbeitsunfähig gemacht und ihm Festivalbesuche für alle Zeit vermiest. Ich hatte allen, mit denen ich unterwegs war, in irgendeiner Weise Schmerzen zugefügt, hatte sie alle verletzt.

Vielleicht war das Katastrophalste an diesem Katastrophenwochenende, dass ich über die Zeit alles nur verschlimmert hatte. Immer, wenn es eine Chance gab, vorhandene Risse zu kitten, zerschmiss ich zuverlässig noch mehr Porzellan. Das Resultat war, dass Christina nichts mehr von mir wissen wollte, noch bevor sie mich wirklich kennengelernt hatte und dass die Menschen, die mir eigentlich am meisten bedeuteten, die mir wirklich am Herzen lagen, mich von nun an meiden würden.

Ich stand auf und ging zu meiner Wohnung.

Nein, ich hatte tatsächlich ein Trümmerfeld, einen emotionalen Kahlschlag hinterlassen. Gab es noch Hoffnung? Ich wusste es nicht. Ich konnte mir nicht vorstellen, dass sich Matthias mit mir vertragen würde. Dass es zu solch einer Situation jemals kommen würde, hätte ich mir letzte Woche noch nicht einmal vorstellen können. Am Anfang war er ja nur wütend gewesen, wahrscheinlich auch verletzt und verstört; später dann wohl auch eifersüchtig. Aber jetzt war er komplett am Boden zerstört, aufgelöst, gebrochen. Mit Anna verhielt es sich seit letzter Nacht ähnlich. Sie hatte auf alles so souverän reagiert. Und als es für mich an der Zeit gewesen war, mal souverän zu reagieren, hatte ich den letzten großen Fehler des Wochenendes begangen und alles endgültig unumkehrbar gemacht. Und was war mit Thomas? Er hatte so lange versucht, mir zu helfen – und ich hatte diese Hilfe immer mehr abgelehnt, hatte es ihm über zwei Tage immer schwerer gemacht. Warum sollte er mir jetzt noch den Rücken freihalten?

Ich schloss die Tür auf und ging hinein.

Die Waschmaschine war durchgelaufen, aber ich hatte keine Lust, sie auszuräumen. Ich stellte die Stereoanlage an und legte eine Platte auf. *You don't know what you got till it's gone*, drang die Achtziger-Hardrock-Ballade von Cinderella aus den Boxen. Ich legte mich auf den Boden und hörte zu. Als der Arm des Plattenspielers am Ende angekommen war und sich nur noch ein regelmäßiges Knacken vernehmen ließ, wenn die Nadel in die Vinylrille zurückrutschte, beschloss ich, dass eine Dusche meine Stimmung eventuell aufhellen könnte. Doch das war nicht der Fall. Und nach einer Weile unter laufendem Wasser hatte ich den Abfluss verschlossen, den Strahl abgestellt und mich einfach hingesetzt.

Montag, 15. Juni, fast halb neun

Und genau so sitze ich jetzt noch immer dort – abgesehen davon, dass ich vorhin, als ich beschloss, das Wochenende noch einmal zu rekapitulieren, das Wasser wieder angedreht habe. Vor ein paar Minuten drohte es über den Rand der Wanne zu schwappen, weshalb ich den Stöpsel wieder ziehen musste. Das war ungefähr an der Stelle, als ich mit meinen Gedanken bei Anna im Zelt war. Genauso, wie der Wasserstand um mich herum absank, habe ich mich aus diesem Zelt bis zur jetzigen Sekunde hinabgearbeitet. Immer weiter. Jetzt läuft das warme Wasser über meinen Kopf, wird aber nicht mehr aufgefangen, sondern verschwindet direkt neben mir im Abfluss. Ich blicke der klaren Flüssigkeit durch das Sieb hinterher. *Alles ist im Fluss*. Meine Haut ist schrumpelig und weich geworden, selbst unter den Fingernägeln ist der Dreck des Festivals nun fortgespült. Das Fenster ist von innen beschlagen. Im Badezimmer haben sich durch umherspritzendes Wasser mittlerweile veritable Pfützen gebildet. Aber das ist mir egal. Was wohl der schwarze Hengst von vor ein paar Tagen jetzt gerade macht? Was er jetzt wohl denkt? Ich glaube es ganz genau zu wissen, denn ich fühle mich ebenso: Ich will raus, ich will weg; aber ich bin eingesperrt in meiner Box, eingesperrt in meiner Dusche, eingesperrt in meiner Wohnung, eingesperrt in meiner Situation, eingesperrt in mir selbst.

Und jetzt? Jetzt weiß ich plötzlich ganz genau, was zu tun ist. Zum Glück habe ich zum Rasieren herrlich altmodische Klingen und keine hässlichen, neumodischen Plastikeinwegrasierer. Ich beuge mich aus der Dusche hinaus und fingere eines der Briefchen von dem kleinen Schrank unter dem Waschbecken. Sorgfältig ziehe ich die frische Klinge aus dem Wachspapier und prüfe die Schärfe mit dem Finger. Durch das warme Wasser ist meine Durchblutung angeregt, die Adern am Arm zeichnen sich deutlich ab, mein Blut schießt hindurch. Am Daumen, mit dem ich nur ganz leicht über die Klinge gefahren bin, bildet sich sofort eine winzige rote Blase, die vom laufenden Wasser weggespült wird. Ich nehme den scharfen, dünnen Stahl in die rechte Hand und bewege ihn langsam aber entschlossen auf mein linkes Handgelenk zu ...

... und dort trenne ich mit einem beherzten Schnitt das Festivalbändchen ab. Ich will dieses Wochenende hinter mich bringen, ich muss dieses Wochenende hinter mich bringen, und das erfordert einen klaren Schnitt. Das Bändchen bildet kaum einen Widerstand, die scharfe Klinge durchtrennt den gewebten Nylonstoff, als wäre sie für nichts anderes gemacht worden. Ab jetzt ist Schluss, jetzt ist das Dangerbird Geschichte, jetzt bin ich wieder zu Hause.

Jetzt heißt es nach vorne zu blicken, irgendwie. Jetzt heißt es das Geschehene zu vergessen. Ich betrachte das Bändchen nachdenklich. Moment mal, will ich das wirklich? Will ich das Geschehene wirklich vergessen? Will ich es gar ungeschehen machen? Nein, eigentlich will ich das gar nicht. Meine Gedanken werden langsam wieder klarer. Der Schnitt tat gut, er war genau die richtige Entscheidung, das richtige Zeichen an mich selbst. Sicher, das Wochenende war eine Tragödie. Aber ist nicht jedes Ende auch ein Anfang? Hatten wir nicht auch Spaß? Doch, hatten wir. Und es war ja wirklich nicht alles schlecht, oder?

Morgen habe ich frei. Am Mittwoch muss ich wieder zu Professor Dudenkoff in die Vorlesung. Dann bin ich wieder in meinem Alltag angekommen. Endgültig. Und allein.

Ich werde mir neue Freunde suchen müssen.